俄語能力檢定

模擬試題+攻略・初級A1

張慶國／編著

前言

　　21世紀的台灣，大學的窄門已經大大敞開，高學歷日漸普及，企業選才的標準早就以證照為考量，學歷已不再是唯一標準，而在大學求學階段考取證照的學生越來越多，他們未來在就業市場將更具競爭力。

　　根據近年來相關人力銀行所做的「企業聘僱社會新鮮人調查」，企業對於社會新鮮人的選才標準，第一點是社會新鮮人必須具備認真負責的態度；第二點是社會新鮮人應取得職務所需的專業相關證照。另外，有相當多的企業會讓擁有證照的人優先面試。所以，我們可以說，證照在未來就業及企業選才上皆具有影響力。

　　在台灣，俄語相對是個冷門的外語，但是自90年代初期台、俄雙方在教育、經貿、體育以及文化的交流頻繁，於是雙方政府互設代表處，關係開始密切發展，而學習俄語則漸漸受到重視。20世紀末、21世紀初俄羅斯聯邦經濟突飛猛進，台俄雙邊貿易額大增，台灣中小企業到俄國經商的人數漸多，俄語人才需求孔急。在台灣現有的大學中，僅有三所大學設置有俄語相關科系：政治大學斯拉夫語文學系、中國文化大學俄國語文學系及淡江大學俄國語文學系。三所大學每年培養大約180名以俄語為專業的人才。雖然不是每位畢業生的工作與俄語相關，但是他們在各行各業默默地努力，為國家奉獻，值得肯定；而畢業後從事與俄語相關工作的人士，不管在政府單位或是民間企業，近年來的卓越表現，更是為各界所讚賞。近年來，除了傳統俄文系的學生之外，在若干大學也開設俄語選修課程，而對俄語有興趣且自學人士的數量也逐年成長。為了要呈現並檢視學習成果，報考並取得俄語檢定證書自然是最公正、客觀的

方式，而取得俄語檢定證書，對於在強化未來就業市場的競爭力，更有助益。

　　近年來，由於學校單位的很多政策，如大三出國、畢業門檻、小班教學等優化學生學習的措施推波助瀾之下，很多俄文系學生積極報考各個等級的俄國語文能力測驗，而取得第一級（B1）檢定證書已經是每一個以俄語為專業學生最低的自我要求。另外，有些低年級的學生或是非俄文系的在校生及自學者，對於報考俄國語文能力測驗也有很大的興趣，但是由於學習背景與時數不同，所以會選擇報考較低的檢定考試等級，例如「初級」（A1）或是「基礎級」（A2），做為檢視自我學習俄語的成果。

　　俄國語文能力測驗的各級考試項目都是一樣的，共有5項科目，分別是「詞彙、語法」、「閱讀」、「聽力」、「寫作」及「口說」。依據俄羅斯聖彼得堡大學語言學系的「俄語暨文化學院」所設計的課程，學員程度從零開始，需接收全方位的俄語學習時數約為168小時，方能通過「初級」的考試。對於以俄語為專業的學生來說，依照近年來的經驗，一般大多是2年級上學期的時候報考，只要稍加努力，大多可以順利通過考試。

　　與其他等級的考試一樣，「初級」的各項測驗中以「詞彙、語法」與「閱讀」2科考試最簡單，要通過它們不是件難事，但是「寫作」、「口說」與「聽力」則對於程度相對較不足的學生來說，挑戰性較高，而對於非俄文系的自學者來說，要通過該科測驗，更需要多下功夫才行。有鑑於此，筆者為了幫助學習者能夠更有效的準備考試，特別採用由俄羅斯聖彼得堡「Златоуст」出版社發行，並由俄羅斯聯邦教育科學部外國公民俄語測驗專家委員會所推薦的模擬題本：「Типовой тест по русскому языку как иностранному. Элементарный уровень. Общее владение. Москва - Санкт-Петербург, ЦМО МГУ - «Златоуст», 2006」，經該出版社授權，針對每一項目的考試，用最淺顯易懂的文字說明，將所有題目做了最深刻且詳盡的解析，期望每位使用者看過後能夠一目了然、

心領神會，透過模擬試題能掌握實際試題的出題及解題方式，進而在真正考試的時候，利用本書的解題技巧及方式，所有問題都迎刃而解，通過考試、取得證書。

　　本書依照該模擬試題的編排，就各科測驗，逐一分析、講解、提供解題技巧。除了基本的解題之外，更提供了一些補充資料，目地就是使閱讀者能夠掌握相關俄語知識、提升讀者俄語能力。至於在「寫作」及「口說」單元，更提供了多元化的解答範本，以供讀者參考，且可以讓程度不一的讀者有多元的思考，選擇適合自己程度的答題方式。筆者在此要特別感謝淡江大學俄國語文學系兼任講師律可娃柳博芙（Любовь Алексеевна Рыкова）女士在「寫作」與「口說」兩個單元中提供了俄語答案校稿與修正的協助。

　　親愛的讀者們！不管您是以俄語為專業的學生，或是俄語自學者，只要您對俄語學習充滿熱誠、只要您對俄語檢定考試充滿信心，通過「初級」的俄語檢定考試絕對是一件輕而易舉的事情，只要掌握解題技巧，證書保證到手。現在就讓我們來學習解題技巧吧。

編者

張慶國

台北 2016.8.31

目次
CONTENTS

俄國語文能力測驗簡介

（Тестирование по русскому языку как иностранному, ТРКИ）
（Test of Russian as a Foreign Language, TORFL）

　　俄國語文能力測驗TORFL（Test of Russian as a Foreign Language）自1998年開始實施，是俄羅斯聯邦教育科學部外國公民俄語測驗主辦中心為外國公民所舉辦的一項國際認證考試，也是外國學生進入俄羅斯各大學就讀之前必須參加的一項俄語能力檢定考試[1]。

　　俄羅斯目前共有60多所大學或語文中心為外國學生舉辦這項考試，國外也有47所以上大學由俄羅斯聯邦教育科學部外國公民俄語測驗主辦中心正式授權，在當地國家舉辦測驗。在台灣由中國文化大學與該中心簽約，於2005年首度引進並於當年12月舉辦了全國的「第一屆俄語能力測驗」。爾後政治大學亦舉辦過該項考試，深獲各界好評。淡江大學於2011年與俄羅斯國立聖彼得堡大學俄國語文能力測驗中心（The Russian Language and Culture Institute - RLCI）正式簽約，取得授權承辦測驗，並於同年舉辦「淡江大學2011第一屆俄國語文能力測驗」。目前常態性舉辦測驗之國內學校為中國文化大學與淡江大學。

---

[1]　本簡介參考資料為：中國文化大學俄國語文學系網站http://torfl.pccu.edu.tw/，
Типовой тест по русскому языку как иностранному. Общее владение. Второй вариант, 6-е издание, 2013, Москва – Санкт-Петербург, ЦМО МГУ – «Златоуст».

此項測驗共分六個等級：

初級（ТЭУ）：Тест по русскому языку как иностранному. Элементарный уровень.

基礎級（ТБУ）：Тест по русскому языку как иностранному. Базовый уровень.

第一級（ТРКИ-1）：Тест по русскому языку как иностранному. Первый уровень. Общее владение.

第二級（ТРКИ-2）：Тест по русскому языку как иностранному. Второй уровень. Общее владение

第三級（ТРКИ-3）：Тест по русскому языку как иностранному. Третий уровень. Общее владение.

第四級（ТРКИ-4）：Тест по русскому языку как иностранному. Четвёртый уровень. Общее владение.

　　學習者可依自己的程度參加不同的級數測驗，通過考試者由俄羅斯聯邦教育科學部外國公民俄國語文能力測驗主辦中心統一頒發國際認證的合格證書及成績單。之前若是參加過考試但是有未通過的科目（至多兩科）亦可參加重考，已經獲有證書的考生可以參加更高等級的測驗，檢測自己的俄語能力。

初級測驗（ТЭУ）簡介

　　通過初級測驗的考生將獲得證書。本證書證明學員已經擁有俄語最基本的溝通能力，並且已經擁有學習更上一等級（基礎級）俄語的必要能力。

　　在俄語檢定考試中，考生必須具備一些初級的語言及言語的溝通能力，方能順利通過測驗。本書參考俄羅斯國立莫斯科大學檢定中心的資料[1]，將初級考試的重點內容做一介紹。

一、言語交際能力（口說）的內容：

1. 考生必須在一些特定的議題上用口語方式表達：
   - 加入交談、與人結識、自我介紹或是介紹別人、問好、道別、向某人諮詢、道謝、表達歉意、做出向您道謝及道歉的回覆、請求別人重複話語；
   - 提出問題、表達事實或敘述事件或人物；表達人或物的存在與否、敘述物品的屬性、特質；表達活動的時間、地點與原因；
   - 表達意願、請求、建議、邀請、同意與反對；
   - 表達自己對人、物、事件、活動的關係（感想）。

2. 考生必須在下列的地點或情境中掌握最基本的交際能力：
   - 商店、售物亭、售票窗口；
   - 郵局；
   - 銀行、外匯兌換處；
   - 餐廳、小館、食堂；

---

[1]　此處資料來源為：http://gct.msu.ru/docs/A1_standart.pdf、Государственный стандарт по русскому языку как иностранному. Элементарный уровень. Издание второе. Исправленное и дополненное. Москва – Санкт-Петербург; Издательство «Златоуст», 2001.

- 圖書館；
- 課堂；
- 街道、大眾運輸；
- 診所、醫生診間、藥局。

3. 考生必須在下列的議題中，以口語的方式表達符合初級程度的能力：
   - 自我介紹。其中包括童年、學業、工作、興趣；
   - 朋友（認識的人、家人）；
   - 家庭介紹；
   - 日常生活；
   - 空閒時間、渡假、興趣。

二、對各科測驗程度的要求：

1. **聽力：**
   1.1 **文章的部分：** 考生必須聽懂文章的內容。文章大多是生活化、社會文化層面以及討論學業方面的內容。文章的類型通常是依照初級詞彙及語法程度來改編或撰寫的。文章篇幅約120至150個單詞。文章朗誦的速度不會很快，大約是一分鐘120至140個音節，並且會重複兩次。

   1.2 **對話的部分：** 考生必須聽懂對話中角色對於主題的陳述。對話情節內容生活化，不難。本大題約有4至6個對話情節，每一個對話至多12句。角色對話的速度不會很快，大約是一分鐘120至150個音節，並且會重複兩次。

2. **閱讀：**
   考生必須不僅要理解文章概要、中心議題及主要內容，甚至要掌握具有一些重要訊息的細節。文章篇幅約為250到300字。文章的類型大多是日常生活、社會文化或是學業相關的主題。

3. **寫作：**

考生藉著回答題目的提綱，可利用原來提綱的文字或自行創造並撰寫文章。另外一種題型是考生需要先讀過一篇約200字的文章，然後依照題目改寫。文章的類型通常是依照初級詞彙及語法程度來改編或撰寫的。依照規定，考生撰寫的文章長度不得少於7至10句。

4 **口說：**

4.1 自述部分：考生應該根據題目要求，獨立將彼此相關的句子組成一篇敘述。敘述不得少於7-8句。另外一種題型是考生需要先讀過一篇約150至200字的文章，然後依照文章內容轉述。文章的類型通常是依照初級詞彙及語法程度來改編或撰寫的。

4.2 對話部分：考生必須了解口試老師的說話內容，並在不同的情境中能夠分辨老師的角色，而後正確地回答老師的問題。另外一大題考生必須依照口試老師所提示的情景，首先發言。不論是回答或是首先發言，考生必須依據角色的身分，做合乎禮節的發言。

三、各個語言層面在表達時需要注意的地方：

1. **語音及書寫：**字母；字母與聲音的相互關係；子音與母音的發音；硬子音與軟子音、有聲子音與無聲子音的發音；單詞與音節；重音與節律；發音規則；句子的斷句(合乎邏輯的停頓)；語調的類型，其中要注意調型一（直述句）、調型二（帶有疑問詞的問句、召喚語、請求）、調型三（沒有疑問詞的問句、句中未完成處需升高語調）、調型四（帶有連接詞a的對比問句）、調型五（讚嘆句）。

2. **構詞與詞法：**

2.1 **詞幹的概念**：詞幹、詞尾；詞根、後綴（例如：стол - столовая, город - городской, студент - студентка）、前綴（例如：писать - написать）。需要具備基本構詞的概念：例如**учитель - учительница**, **иностранец - иностранка**；город**ской**；читать - **про**читать；ехать - **по**ехать - **при**ехать；русский - **по**-русски。

2.2 **名詞**：基本概念必須掌握，例如「有生命」及「非生命」名詞、名詞的「性」與「數」、名詞的「變格」規則、名詞「格」的意義與使用方式。以下簡述各格的意義：

A. 第一格：

表示主動行為的人	**Нина** смотрит телевизор.
人或物的名稱	Это **Андрей**. Вот **книга**.
召喚	**Андрей**, иди сюда!
人的屬性	Брат - **врач**.
事實、事件	Завтра **экзамены**.
物品的存在	В городе есть **театр**.
物品的歸屬	У меня есть **книга**.
人的辨別	Меня зовут **Лена**.

B. 第二格：

（a）無前置詞：

人或物的從屬關係	Это центр **города**. Вот машина **брата**.
表示「沒有」人或物	У него нет **брата**. Там нет **театра**.
與數詞連用表「數量」	Сейчас 2 **часа**. Ручки стоят 5 **рублей**.
日期中的「月份」，用來回答「今天日期為何」的問題	Первое **января**.

（b）帶前置詞：

移動時表「出、從」之意 Они приехали **из Англии**.

Мы пришли **с концерта**.

表示某物屬於某人，

用前置詞y У **Андрея** есть машина.

C. 第三格：

（a）無前置詞：

行為的客體 Вечером я звоню **отцу**.

人或物的年齡 **Ему** 20 лет.

表「必須」的人稱 **Мне** нужно пойти в банк.

（b）帶前置詞：

移動時「人」為目標 Я иду **к врачу**.

D. 第四格：

（a）無前置詞：

人或物為行為的客體 Анна купила **журнал**. Я знаю

Анну.

動詞звать後的主體 **Меня** зовут Андрей.

表「一段時間」 Я живу здесь **месяц**.

（b）帶前置詞：

表移動的方向（в, на） Я иду **в университет, на работу**.

表時間（幾點、星期） **В среду** у нас экскурсия.

E. 第五格：

（a）無前置詞：

與動詞заниматься連用 Брат занимается **спортом**.

人的職業（與быть連用） Антон будет **инженером**.

（b）帶前置詞：

表「與一起」 Отец разговаривает **с сыном**.

表「定義」 Я люблю чай **с молоком**.

F. 第六格：一定有前置詞

言語、思想的客體　　　　Я часто думаю **о семье**.

表地方（靜止в, на）　　Книга **в столе**（**на столе**）.

表移動方式（на）　　　Антон едет в театр **на автобусе**.

2.3 **代名詞**：需瞭解代名詞的意義、格的形式及變法。人稱代名詞（я, ты, он, она, оно, мы, вы, они）、疑問代名詞（какой? чей? сколько?）、物主代名詞（мой, твой…）、指示代名詞（этот）、限定代名詞（каждый）、否定代名詞（никто, ничто）的用法必須掌握。

2.4 **形容詞**：了解長尾（全尾）形容詞之形式，例如красивый, русский,большой）。長尾形容詞與名詞的性、數、格必須一致。另外要掌握一些短尾形容詞的用法，例如рад, занят, должен, болен。

2.5 **動詞**：掌握下列動詞形式。

原形動詞：читать, мочь, идти, смотреть。

未完成體與完成體動詞：делать - сделать, читать - прочитать。

動詞的時態（現在、過去、未來）：читаю, читал, буду читать, прочитаю, прочитал。

第一變位法動詞與第二變位法動詞：делать, говорить, учиться。

動詞的類別：(1) читать - читаю; (2) уметь - умею; (3) чувствовать - чувствую; (4) встретить - встречу; (5) отдохнуть - отдохну; (6) давать - дают; (7) ждать - ждут; (8) писать - пишут; (9) мочь - могут; (10) идти - идут; (11) ехать - едут; (12) хотеть - хотят; (13) брать - берут; (14) жить - живут。

動詞的命令式：читай - читайте; говори - говорите。

動詞後的用法：смотрю телевизор; разговариваю с братом。

及物動詞與不及物動詞：встретил брата; учусь в школе。

移動（運動）動詞不加前綴與加前綴用法（по-, при-）：
идти, ходить, ехать, ездить, пойти, прийти。

2.6 **數詞**：掌握基數數詞（один, два, три...）與序數數詞
（первый, второй, третий...）的第一格形式。基數數詞與名
詞連用（одна книга, два года...）。

2.7 **副詞**：依照副詞的意義熟悉其種類：表地方（далеко,
близко）、表時間（утром, зимой）、謂語副詞的特
定用法（можно, нельзя）、疑問副詞（как, когда, где,
куда, откуда）、表程度（хорошо, плохо）、表活動方式
（медленно, быстро）。

2.8 **虛詞**：前置詞（в, на, из, с, к, у, о）、連接詞與連接詞詞組
（и, или, а, но, не только..., но и...; потому что, поэтому, что,
где, куда, который...）、小品詞（не, даже）。

3. **句法：**

3.1 **簡單句的種類：**

A. 非疑問句：

直述句	Вчера приехал мой друг.
祈使句	Пойдём в парк.
肯定句	Антон смотрит телевизор.
	Сегодня холодно.
否定句	Гости не пришли.
B. 疑問句	Сколько стоит эта книга?
C. 雙成分句型	Антон спит. Брат - учитель.
	Мама дома.
	В пятницу был концерт. У меня
	есть билет.
	В городе есть метро.
D. 單成分句型	Холодно! Пишите!
（無變位之動詞）	

3.2 句中主詞與動詞的概念：

A. 主詞的構成

名詞或人稱代名詞第一格　**Анна** танцует.

名詞與數詞的組合第二格　**Два брата** учились вместе.

B. 主體（非主詞）的構成

名詞或人稱代名詞第四格　**Меня** зовут Андрей.

名詞或人稱代名詞第二格　**У Антона** есть машина.

名詞或人稱代名詞第三格　**Мне** 20 лет.

C. 動詞（謂語）的構成

陳述句或命令式的動詞　　Антон читает. Читай(те)！

動詞變位＋原形動詞　　　Я иду гулять.

動詞變位＋名詞　　　　　Антон будет врачом.

3.3 句中表達邏輯語意關係的方式：

A. 客體關係　　　　　　　**Я читаю кгину. Я читаю о России.**

B. 限定關係

一致定語　　　　　　　красиавя девушка

非一致定語　　　　　　книга брата, чай с сахаром

C. 空間關係

第六格名詞形式　　　　Анна живёт в Америке.

副詞形式　　　　　　　Мама живёт далеко.

D. 時間關係

副詞形式　　　　　　　Я долго ждала тебя.

E. 目的關係

動詞變位＋原形動詞　　Я иду обедать.

3.4 複合句的種類：

A. 複合主句＋連接詞：и, а, но, или; не только..., но и...。

B. 複合從句＋連接詞與連接詞詞組：

說明從句：что, чтобы, кто, как, какой, чей, где, куда, откуда。

限定從句：который

時間從句：когда

原因從句：потому что

3.5 直接引語與間接引語：

直接引語與間接引語中的連接詞與連接詞詞組：что, где, когда, сколько, почему... 。Он спросил: «Где Петя?» Я сказал, что Петя сейчас в театре.

3.6 句中的詞序問題：

一般文體的詞序：

形容詞在名詞之前：интересная выставка

依附詞在主要詞之後：в центре города, читает книгу

以-o, -e結尾的副詞在動詞之前：хорошо танцует

前綴為по-，或後綴為-ски的副詞在動詞之後：пишет по-русски

主詞在動詞之前：Брат читает.

表時間或地點的狀語可在句首，之後為動詞，而後為主詞：В городе есть театр.

四、**詞彙**：初級的最低詞彙量為780個單詞[2]。這些詞彙可提供並進行生活方面、學業方面及社會文化層面的交流。

---

[2] 請參考Лексический минимум по русскому языку как иностранному. Элементарный уровень. Общее владение. 4-е издание, исправленное и дополненное, 2012, Москва - Санкт-Петербург, ЦМО МГУ - «Златоуст».

初級測驗共有5個項目：

項目一：詞彙、語法
項目二：聽力
項目三：閱讀
項目四：寫作
項目五：口說

俄羅斯俄國語文能力測驗（ТРКИ）與歐洲語言檢定對照表[3]

歐洲語言檢定系統					
A1	A2	B1	B2	C1	C2
俄羅斯俄國語文能力測驗系統					
初級 （ТЭУ）	基礎級 （ТБУ）	第一級 （ТРКИ-1）	第二級 （ТРКИ-2）	第三級 （ТРКИ-3）	第四級 （ТРКИ-4）

---

[3] 請參閱：Типовой тест по русскому языку как иностранному. Первый сертификационный уровень. Общее владение. Второй вариант, 6-е издание, 2013, Москва - Санкт-Петербург, ЦМО МГУ - «Златоуст». 頁：6。

考生須知

■ 概論

通過初級測驗的考生將獲得證書。證書證明學員已經擁有最基本的俄語能力，可更上一層樓繼續往基礎級的程度邁進。

■ 報考

在俄羅斯可於任何一間語言測驗中心報考，考試前一週必須完成報考程序。報考時必須填寫申請表，然後由考試中心核發准考證。證書及成績單亦由考試中心核發。

在台灣，目前由中國文化大學俄國語文學系及淡江大學俄國語文學系舉辦常態性考試。中國文化大學於每年12月舉辦，而淡江大學於每年5月及12月舉辦，政治大學則是不定期舉辦考試，對考生來說，舉辦的次數及時間是非常方便的。報考程序三校大致相同，大約在考試舉行前2個月公告考試時間及報考方式，請考生逕自上網查閱相關訊息。

■ 準備考試

建議考生及早參閱測驗模擬考題「Типовые тесты по русскому языку как иностранному. Элементарный уровень. Общее владение. Москва - Санкт-Петербург, ЦМО МГУ - «Златоуст», 2006」，並預先了解每一項考試的規則。

中國文化大學俄國語文學系及淡江大學俄國語文學系舉辦考試之前通常會舉行小型的模擬考試或是說明會，考生可報名參加，透過預先得知相關考試規則及測驗題型，以減緩考試當天的緊張

情緒。政治大學斯拉夫語文學系則與該校「俄羅斯中心」合作並舉辦講習，讓考生提前瞭解測驗的項目與題型。

■考試日程

檢定測驗通常為期兩天。在俄羅斯的語言測驗中心第一天通常安排「詞彙、語法」、「閱讀」及「聽力」考試，第二天則進行「寫作」與「口說」測驗。考試前10分鐘需要到考場報到，考試開始後的遲到者則喪失考試規則。

在台灣的考試通常也是規劃兩天進行，但是考試科目並沒有固定分配，端視舉辦考試單位的安排。值得一提的是，文化大學為紓解「口試」的人潮，通常會安排考生提前應考，非常有彈性。淡江大學為服務考生，偶有「客製化」的考試日程安排，非常貼心。

依照考試規定，考生不得將俄語課本、收錄音機、照像機、筆記本、紙張攜入考場[1]。在考試之前一定要專心聆聽考場監試人員的考試說明，必要時可提問，但是在考試進行當中，不得提問。考試時間結束，考生必須立即停止作答，並將試卷及答案卷交還監試人員。

---

[1] 通常具有上網及照相功能的智慧型手機也不得攜入考場。

■ 考試總分及通過門檻

依照測驗的得分，本檢定考試區分為「通過」與「不通過」兩個等級（請參閱下表）[2]。

考試項目	得分	
	通過	不通過
「詞彙、語法」	66%-100%	低於66%
「聽力」	66%-100%	低於66%
「閱讀」	66%-100%	低於66%
「寫作」	66%-100%	低於66%
「口說」	66%-100%	低於66%

1. 各科考試得分高於或等於66%，即為通過；低於或等於65%，則為不通過。

2. 如有四科測驗高於或等於66%，只有一科低於或等於65%，但高於或等於60%，則整體考試成績視為通過。

3. 如有一科低於或等於59%（至多2科），在2年內可持成績單至國內、外任何一個語言測驗中心申請付費重考[3]。

4. 檢定考試證書有效期為2年[4]。

---

[2] 請參閱 Типовой тест по русскому языку как иностранному. Первый сертификационный уровень. Общее владение. Второй вариант, 6-е издание, 2013, Москва – Санкт-Петербург, ЦМО МГУ - «Златоуст». 頁：9。

[3] 依據俄羅斯聯邦教育科學部外國公民俄語測驗主辦中心的規定，至多為一科未達標準，才可申請該測驗重考，但是在實務操作上，兩科未達標準亦可申請重考。

[4] 依照2015年3月份最新核發之證書已無效期之規定 (請參閱附錄二)

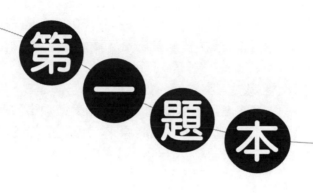

項目一：詞彙、文法

考試規則

本測驗有四個部分，共70題，作答時間為50分鐘。作答時禁止使用詞典。拿到試題卷及答案卷後，請將姓名填寫在答案卷上。

將正確的答案圈選於答案卷上。如果您認為答案是**Б**，那就在答案卷中相對選項的**Б**畫一個圓圈即可；如果您想更改答案，只需將答案畫一個圓圈就好，並將原來您認為是錯的選項打一個**X**即可。請勿在試題紙上作任何記號！

■第一部分

第1-26題：請選一個正確的答案

Мои друзья ... (1) в университете. Они много ... (2).

選項：(А) учатся (Б) учат (В) занимаются (Г) изучают

分析：選項 (А) учатся的原形動詞為учиться，意思是「唸書、學習」。該動詞用法非常單純，通常用在有表示「時間」或「地點」的句中，例如 Мама начала учиться в школе в 6 лет. 媽媽在6歲的時候開始唸書。這個動詞還有一種用法，但是並不普遍，那就是在動詞後面加名詞第三格，表示學習何物，例如 Антон учится японскому языку. 安東學日語。選項 (Б) учат的原形動詞為учить，是「學習」或是「教導」兩個意思完全相反的動詞。如果當「學習」的話，動詞後面需要加上受詞第四格，例如 Антон учит японский язык.

安東學日語；但是如果是「教導」的意思，則動詞後面需要加上受詞人第四格、物第三格，例如Антон учит меня русскому языку. 安東教我俄文。選項 (В) занимаются的原形動詞為заниматься，意思是「從事某項工作；從事某項的活動；研讀」，動詞後接第五格，例如Каждую субботу Антон занимается спортом. 安東每個星期六運動；Антон не любит заниматься в библиотеке. 安東不喜歡在圖書館唸書。選項 (Г) изучают的原形動詞為изучать，意思是「學習」，與選項 (Б)「學習」之意的用法相同，例如Антон изучает японский язык. 安東學日語。

★ Мои друзья *учатся* в университете. Они много *занимаются*.
我的朋友在大學唸書。他們很用功。

> Михаил Николаевич - ... (3) учитель. Он говорит, что ... (4) - его второй дом.
> 選項：(А) школа (Б) школьник (В) школьница (Г) школьный

分析：本題考的是名詞школа及其派生詞。選項 (А) школа是陰性名詞，意思是「學校」，通常指的是「中、小學」。另外有些高等研究單位也用此單詞，例如Высшая школа экономики可譯為「高等經濟學院」。選項 (Б) школьник是陽性名詞，意思是「中、小學生」。選項 (В) школьница是школьник的陰性名詞。選項 (Г) школьный是школа的形容詞形式。

★ Михаил Николаевич - *школьный* учитель. Он говорит, что *школа* - его второй дом.
米海爾尼古拉維奇是一位中學教師。他說學校就是他的第二個家。

> Алина Кабаева - гимнастка, она любит … (5). У неё … (6) характер.
>
> 選項：(А) спорт (Б) спортсмен (В) спортсменка (Г) спортивный

分析：選項 (А) спорт是陽性名詞，詞意為「運動」，例如Какой вид спорта ты любишь? 你喜歡哪個運動項目？陽性名詞 вид可當「種類」解釋，所以詞組вид спорта就是「運動項目」。選項 (Б) спортсмен也是陽性名詞，是「運動員」的意思。選項 (В) спортсменка 是спортсмен的陰性名詞。類似的單詞如бизнесмен。但是要注意，現代俄語中，陰性的бизнесменка在口語使用中很普遍，但尚未被詞典收錄。選項 (Г) спортивный是спорт的形容詞形式，例如Каждый день Антон ходит в спортивный зал. 安東每天去健身房（去運動）。順道一提，這個句子在中文翻譯的時候最好譯為「安東每天去健身房運動」，或是「安東每天去運動」。為了避免言不及義的情況，盡量不要譯為「安東每天去健身房」。

★ Алина Кабаева - гимнастка, она любит *спорт*. У неё *спортивный* характер.

阿琳娜卡芭耶娃是位體操運動員，她熱愛運動。她有運動員的性格。

> - Позвони мне … (7). - А я не знаю твой … (8) телефон.
>
> 選項：(А) дом (Б) дома (В) домой (Г) домашний

分析：考題與前兩題類似，都在考詞類的使用。選項 (А) дом是陽性名詞，意思是「房子、家」，此為第一格或第四格，例如Антон живёт в старом доме. 安東住在老房子。選項 (Б) дома可為дом的單數第二格或是複數第一、第四格。單數第

二格的時候，重音落在第一音節。若是複數第一格或第四格，重音是在詞尾，例如В центре города построили новые дома. 在市中心蓋了一些新的房子。另外，дома還可作為副詞，意思是「在家」，例如Антон любит заниматься дома. 安東喜歡在家念書。選項 (Б) домой也是副詞，詞意為「回家」，例如Антон пришёл домой в 8 часов. 安東在八點回到家。選項 (Г) домашний是дом的形容詞形式，意思是「家的、有家鄉味的、自家的」，例如Сейчас Антон делает домашнее задание. 安東在做家庭作業。

★ - Позвони мне *домой*. - А я не знаю твой *домашний* телефон.
- 打電話到我家給我。- 但是我不知道你住家的電話。

> Самара - ... (9) город на Волге. Покажите ... (10) город на карте.
> 選項：(А) это (Б) этот (В) эта (Г) эти

分析：選項 (А) это可有兩種解釋：「指示口語詞」或「指示代名詞」。當做指示口語詞的時候，意思是「這是、這些是、那是、那些是」，用法之重要，堪稱「俄語第一詞」，例如Это стул, а это стол. 這是一張椅子，而那是一張桌子；Это стулья, а это столы. 這些是椅子，而那些是桌子。若當成指示代名詞，則為單數、中性，意思是「這一個」，例如Мне нравится это мороженое. 我喜歡這個冰淇淋。名詞мороженое是中性，所以指示代名詞也應用中性это。選項 (Б) этот是陽性指示代名詞，在答案中是受詞第四格，又例如Антон хочет этот карандаш. 安東想要這支鉛筆。選項 (В) эта是陰性指示代名詞，例如Антон купил эту машину уже месяц. 安東這輛車已經買了一個月。請注意，месяц為第四格，表一段時間。選項 (Г) эти為指示代名詞的複數形式，

例如Эти учебники можно взять в библиотеке. 這些課本可以在圖書館借到。詞組эти учебкини為及物動詞взять的受詞第四格。動詞взять為完成體動詞，其未完成體動詞為брать。

★ Самара - *это* город на Волге. Покажите *этот* город на карте.
薩馬拉是個在窩瓦河畔的城市。請在地圖上指出這個城市。

> Мой друг очень хорошо говорит ... (11). Я хочу поехать в Россию и тоже изучать ... (12).
>
> 選項：(А) по-русски (Б) русский (В) русский язык (Г) русские

分析：選項 (А) по-русски是副詞形式，是「以俄國的方式、以俄國人的方式、用俄語」的意思。選項 (Б) русский是形容詞、陽性，例如Я люблю русский торт. 我喜歡俄國蛋糕。單詞русский也可當名詞，做為「俄國人」解釋，例如Антон русский. 安東是俄國人。選項 (В) русский язык是形容詞＋名詞，是「俄文」的意思，例如Джону не нравится русский язык, потому что это трудный язык. 約翰不喜歡俄文，因為俄文是個困難的語文。選項 (Г) русские是русский的複數形式，例如Это русские студенты. 這些是俄國學生。

★ Мой друг очень хорошо говорит *по-русски*. Я хочу поехать в Россию и тоже изучать *русский язык*.
我的朋友俄語說得非常好。我想去俄國並且也學俄文。

Моё любимое время года ... (13). Я очень люблю отдыхать ... (14) на море.

選項：(A) лето (Б) летом (В) летний (Г) летние

分析：選項 (A) лето是中性名詞，意思是「夏天」。選項 (Б) летом 是時間副詞，意思是「在夏天」。選項 (В) летний是陽性形容詞，意思是「夏天的」。選項 (Г) летние是летний的複數形式，例如Студенты и преподаватели очень любят летние каникулы. 學生跟老師都非常喜歡暑假。請注意，「假期」каникулы通常用複數，所以暑假是летние каникулы，春假是весенние каникулы，寒假是зимние каникулы。

★ Моё любимое время года *лето*. Я очень люблю отдыхать *летом* на море.

我最愛的季節是夏天。我非常喜歡夏天在海邊度假。

Раньше моя сестра часто ... (15) по телефону с подругой.

選項：(A) разговаривала (Б) рассказывала (В) сказала (Г) спрашивала

分析：句中有個頻率副詞часто「常常地」，所以我們的答案必須是未完成體動詞。選項 (A) разговаривала是未完成體動詞，原形動詞為разговаривать，意思是「聊天」，通常後接前置詞 с＋名詞第五格，與本題目的句型一致，就是答案。選項 (Б) рассказывала也是未完成體動詞，其原形動詞為рассказывать / рассказать（完成體動詞），意思是「敘述」，通常後接人第三格＋前置詞 о＋名詞第六格，例如 Вчера наш преподаватель рассказывал нам о своей жизни в России. 昨天我們的老師跟我們敘說他在俄國的生活。

選項 (В) сказала的原形動詞是сказать，未完成體動詞為говорить，意思是「說」，例如Антон сказал, что завтра будет экзамен. 安東說明天有個考試。選項 (Г) спрашивала是未完成體動詞，完成體動詞是спросить，意思是「問」，通常後接人第四格，例如Антон спросил меня, почему я не был в цирке. 安東問我為什麼我沒去馬戲團。

★ Раньше моя сестра часто *разговаривала* по телефону с подругой. 從前我的姊姊常常跟朋友講電話。

> Виктор очень ... (16) поехать в Англию. Но не ... (17), потому что у него нет денег.
>
> 選項：(А) может (Б) хочет (В) умеет (Г) знает

分析：本題也是考動詞意思的題目。選項 (А) может的原形動詞是мочь，意思是「能夠」。動詞後通常接原形動詞，例如Антон может поехать на Тайвань учиться, но он не хочет. 安東可以去台灣念書，但是他不想去。選項 (Б) хочет的原形動詞是хотеть，意思是「想」。動詞後通常接原形動詞，表示「想做某事」，例如Антон хочет поехать на Тайвань учиться, но он не может. 安東想去台灣念書，但是他不能去。選項 (В) умеет的原形動詞形式為уметь，意思是「能」，後面通常也接原形動詞，表示「做某事的技能」，例如Антон умеет плавать. 安東會游泳。選項 (Г) знает的原形動詞знать，意思是「知道、認識」，後通常接受詞第四格，例如Антон хорошо знает маму Анны. 安東對安娜的媽媽很熟。

★ Виктор очень *хочет* поехать в Англию. Но не *может,* потому что у него нет денег.

維克多非常想去英國，但是因為他沒有錢而不能去。

Ольге очень ... (18) слушать современную популярную музыку.

選項：(А) любит (Б) нравится (В) хочет (Г) может

分析：題目中Ольге是Ольга的第三格，並非主詞。而答案的選項都是動詞第三人稱、單數、現在式的變位，所以答案理應選一個第三人稱單數的名詞做為主詞，但是看完題目，我們並無法找到符合的名詞，所以要回過頭來再看看答案的四個選項。我們發現，選項 (Б) нравится是本題的答案，因為有這個動詞的句子是特殊句型。動詞нравится的原形動詞是нравиться，意思是「喜歡」。用法是被喜歡的事物或人要用第一格，而主動去喜歡的人要用第三格，並非「主詞」，而是「主體」，希望考生能掌握該句型。其他的選項在前面的題目或例句中都已出現過，不再重複解釋。

★ Ольге очень *нравится* слушать современную популярную музыку.

奧莉嘉非常喜歡聽現代流行音樂。

Осенью в лесу очень ... (19).

選項：(А) красивый (Б) красавица (В) красный (Г) красиво

分析：選項 (А) красивый是陽性形容詞，意思是「漂亮的」，後接被形容的名詞，形容詞＋名詞的性、數、格必須一致，例如Вчера Антон видел красивый дом. 昨天安東看到了一棟漂亮的房子。形容詞красивый與名詞дом同為第四格，作為

動詞видел的直接受詞。選項 (Б) красавица是陰性名詞，是
「美女」的意思，例如Его жена - первая красавица Москвы.
他的太太是莫斯科的第一大美女。選項 (В) красный是陽性
形容詞，意思是「紅色的」，例如「紅場」就是Красная
площадь。選項 (Г) красиво是красивый的副詞形式，例如Я
люблю Тайвань, потому что там очень красиво. 我很喜歡台
灣，因為那裡很漂亮。本題應選 (Г) красиво。

★ Осенью в лесу очень *красиво*.
秋天時候森林裡非常漂亮。

> Мой любимый поэт – Анна Ахматова. Я очень люблю ... (20)
> стихи.
> 選項：(А) их (Б) его (В) её (Г) ваши

分析：選項 (А) их是物主代名詞，語法形式是複數第三人稱，是第
一格到第六格都是一樣的形式，意思是「他們的」。選項
(Б) его也是物主代名詞，語法形式是陽性第三人稱單數，第
一格到第六格都是一樣的形式，意思是「他的」。選項 (В)
её是第三人稱陰性單數的物主代名詞，第一格到第六格都是
一樣的形式，意思是「她的」。選項 (Г) ваши是第二人稱複
數形式的物主代名詞，它可能是第一格或第四格，是「您
的」或「你們的」之意。

★ Мой любимый поэт – Анна Ахматова. Я очень люблю *её* стихи.
我最愛的詩人是安娜阿赫瑪托娃，我非常喜歡她的詩。

> Мы родились и выросли в Москве. Москва - это ... (20) город.
>
> 選項：(А) наш (Б) наша (В) наше (Г) наши

分析：本題考物主代名詞與所修飾的名詞性、數、格須一致的語法
　　　概念。句子中寫道：莫斯科是我們的城市。「城市」город
　　　是陽性名詞是第一格，所以我們要選的答案也應當是陽性
　　　的物主代名詞第一格。選項 (А) наш就是陽性第一格，所以
　　　是答案。選項 (Б) наша 是наш的陰性形式。選項 (В) наше
　　　是наш的中性形式。選項 (Г) наши是複數形式。另外，動
　　　詞родились的原形動詞是родиться，後通常接表示「時間」
　　　或地點的詞組或副詞，例如Антон родился в 1998 году в
　　　России. 安東於1998年出生於俄羅斯。動詞выросли的原形
　　　動詞是рости / вырости，用法與родиться類似，例如Антон
　　　вырос в деревне. 安東在鄉下長大。

★ Мы родились и выросли в Москве. Москва - это *наш* город.
我們在莫斯科出生與成長。莫斯科是我們的城市。

> ... (22) ты любишь проводить свободное время?
>
> 選項：(А) кого (Б) кому (В) о ком (Г) с кем

分析：我們分析句子。主詞是ты，動詞是любишь проводить，
　　　受詞是свободное время第四格。詞組свободное время值
　　　得盡快學會，意思是「空閒時間」。跟此詞組連用的動詞
　　　проводить / провести算是固定的夥伴，請考生記住，所以
　　　проводить свободное время就是「度過空閒時間、消磨空閒
　　　時光」。了解句子大意之後回到選項。選項 (А) кого是疑問
　　　代名詞кто的第二格或第四格，而句子已有受詞第四格，所
　　　以並不需要再有一個第二格或第四格的形式。選項 (Б) кому

是кто的第三格，也派不上用場。選項 (В) о ком是第六格，
與句意不符。選項 (Г) с кем是кто的第五格，表示「與某
人」，正是本題的答案。

★ С *кем* ты любишь проводить свободное время?
你喜歡跟誰一起消磨空閒時光？

На лекции известный журналист рассказал ... (23) Германии.
選項：(А) в (Б) на (В) о (Г) из

分析：本題的關鍵是動詞рассказал。該動詞的原形動詞
是рассказать，為完成體動詞，而未完成體動詞是
рассказывать。動詞的意思是「敘述」，後通常接人第三格＋
前置詞о＋名詞第六格，所以要選 (В) о。選項 (А) в與選項 (Б)
на也是前置詞，後接第四格或第六格。接第四格表示「移
動」的動作，在句中通常與「移動動詞」連用，例如Антон
идёт в библиотеку на работу. 安東現在走路去圖書館上班。
若是用第六格，則代表的是「靜止」的狀態，在句中不會
出現有移動動詞，例如Антон работает в университете на
факультете русского языка. 安東在大學的俄文系上班。選項
(Г) из是表示「從某個空間出去、離開」之意，例如Сегодня
утром Антон вышёл из дома очень рано. 今天早上安東很早
就出門了。

★ На лекции известный журналист рассказал *о* Германии.
著名的記者在演講時敘述了有關德國的種種。

> В праздники люди любят гулять ... (24) площади.
>
> 選項：(A) в (Б) на (В) о (Г) к

分析：本題的關鍵是動詞гулять與名詞площади。動詞гулять在此的意思是「散步」，之後通常接前置詞＋名詞第六格，表示散步的地點。而名詞площади在此正是單數第六格，它所搭配的前置詞是на，所以答案應選擇 (Б)。選項 (Г) 的前置詞к表示「方向」，後接名詞第三格，例如Антон подошёл к площади. 安東來到（走近）了廣場。動詞подошёл的原形形式為подойти，意思是「走近」，通常與前置詞к連用。另外前置詞 к＋人第三格則表示「找某人、去某人的家」，例如У Антона болит голова. Он пойдёт к врачу после занятий. 安東頭疼，他下課後要去看醫生。

★ В праздники люди любят гулять *на* площади.

假日時人們喜歡在廣場散步。

> На праздник мы пригласили друзей ... (25) Москвы.
>
> 選項：(A) в (Б) из (В) с (Г) к

分析：本題是考前置詞的使用與意義。選項 (A) 與 (Г) 我們在前面的解題都已經詳細說明過了。而 (Б) 與 (В) 的意義相同，都是「從某個空間或地方離開、出去」的意思，但是它們彼此間的相異處則是取決於它們後面所接的名詞。例如шапка на шкафу「帽子在衣櫥上面」相對於шапка в шкафу「帽子在衣櫥裡面」，在此說明了一個物品在另一個物品的「表面」或「裡面」，所以「衣櫥」шкаф之前可用на，也可用в。此外，每一個名詞前面所搭配的前置詞只能是на或в。例如на стадион, в университет為第四格表示「移動」的動

作，有「前往」之意；на стадионе, в университете為第六格表示「靜止」的狀態，有「所在位置」之意。相對於на與в，表示「從何處」則是用с與из，後接名詞第二格，例如Антон пошёл на почту. 安東前去郵局；Антон пришёл домой с почты. 安東從郵局回到家。又如Антон вошёл в комнату. 安東進入了房間；Антон вышел из комнаты. 安東從房間走了出來。另外很重要的一點是題目中動詞приглашать／пригласить的使用方式。通常動詞之後接某人當直接受詞第四格，而後接前置詞＋名詞第四格，表示「邀請某人去某處」，例如Антон пригласил Анну на выставку. 安東邀請安娜去看展覽；Антон пригласил меня в ресторан. 安東邀請我去餐廳（吃飯）；Антон пригласил нас к себе домой в гости. 安東邀請我們去他家作客。

★ На праздник мы пригласили друзей *из* Москвы.
我們邀請朋友從莫斯科來過節。

В каникулы я поеду отдыхать в деревню ... (26) бабушке.
選項：(А) о (Б) у (В) к (Г) в

分析：本題也是考前置詞的使用與意義。根據句意，主角要在假期時去鄉下「找奶奶」（請參考第24題），所以要選 (В)。另外，前置詞к後應接第三格，而бабушке就是陰性名詞бабушка的第三格，更堅定了我們的選擇。選項 (Б) у有「在某人、某地方」之意，後接名詞第二格，例如Вчера Антон был у Анны. 昨天安東在安娜家。

★ В каникулы я поеду отдыхать в деревню *к* бабушке.
放假時我要去鄉下找奶奶度假。

▌第二部分

第27-30題：請選一個正確的答案

В центре города находится ... (27) площадь. На площади открылось ... (28) кафе. Там часто бывают ... (29) встречи. Вчера там выступала ...(30) рок-группа.

27. (А) старый
    (Б) старая
    (В) старое
    (Г) старые

28. (А) молодёжный
    (Б) молодёжная
    (В) молодёжное
    (Г) молодёжные

29. (А) интерссцпый
    (Б) интересная
    (В) интересное
    (Г) интересные

30. (А) известный
    (Б) известная
    (В) известное
    (Г) известные

第二部分詞彙與文法題完全在測驗考生對於俄語語法中形容詞＋名詞性、數、格一致的概念。我們依照每個題目句子的句型及語法條件，也就是各個句子組成部分所扮演的角色（主詞、動詞、受詞、地方及時間條件等）來分析句子的語法，進而找到正確的答案。

第27題。句首是個表示地方的前置詞 в＋名詞центре第六格的形式，意思是「在中心」。後接名詞第二格，表示與前一單詞的「從屬關係」，所以是「在市中心」的意思。動詞находится為第三人稱單數現在式形式，原形動詞為находиться，意思是「坐落於、位於」，後通常加上表示地方的副詞或是前置詞＋名詞第六格，也就是本句句首的部分。有了動詞及表示地方的詞組，所以句

尾才是主詞的部分。名詞площадь「廣場」是陰性，答案應選擇也是陰性的形容詞來修飾名詞，所以答案是 (Б) старая。

　　第28題。句型與第27題完全一樣。一開始是表示地方的詞組 на площади「在廣場上」。再次提醒，名詞площадь搭配的前置詞是на，而不是в。動詞открылось是第三人稱中性過去式的形式，原形動詞是открыться，是個完成體動詞，其未完成體動詞為 открываться。因為動詞是過去式中性，所以主詞當然也應該是中性，所以我們看到句尾的主詞кафе是中性外來語名詞，修飾它的形容詞自然應選擇 (В) молодёжное。

　　第29題。關鍵字是主詞встречи，其語法形式為複數名詞，所以前有動詞бывают也是第三人稱複數現在式形式，答案要選形容詞複數形式 (Г) интересные。名詞встречи的單數形式為встреча，意思是「見面、見面會」，動詞形式為встречать (ся) / встретить (ся)。

　　第30題。與前幾題一樣，本題的主詞也位於句尾，為рок-группа「搖滾樂隊」，是陰性名詞，所以答案必須選擇 (Б) известная。句中的動詞выступала搭配主詞，是第三人稱單數過去式陰性形式，為未完成體，意思是「演出、發表」，其完成體動詞為выступить。

【翻譯】

　　在市中心有個老廣場，在廣場上開了一家年輕人聚集的小餐館。在那裏常常有些有趣的聚會。昨天在那裏有個搖滾樂團表演。

第31-34題：請選一個正確的答案

У ... (31) есть друг. ... (32) зовут Андрей. ... (33) учится в университете. ... (34) дружим с ним уже много лет.

31. (А) я
    (Б) меня
    (В) мне
    (Г) мной

32. (А) его
    (Б) он
    (В) ему
    (Г) им

33. (А) он
    (Б) она
    (В) оно
    (Г) они

34. (А) я
    (Б) мы
    (В) вы
    (Г) они

這個部分考的是人稱代名詞的用法。有些特定句型請考生特別留意。

第31題。本題是固定句型：前置詞 у＋名詞第二格＋есть＋名詞第一格表示「某人或某物有……」，例如У Антона есть машина. 安東有部汽車。本句的Антона是「主體」第二格，而非「主詞」，所以答案必須選擇 (Б) меня。選項 (А) я是第一格，選項 (В) мне是я的第三格或第六格形式，選項 (Г) мной是я的第五格。另如，如果是否定要表達「某人或某物沒有……」的意思，則應用 у＋名詞第二格＋нет＋名詞第二格，例如У Антона нет старшего брата. 安東沒有哥哥。

第32題。也是考「主體」的組成形式。根據上、下文，朋友是Андрей，所以應為人稱代名詞он的「主體」第四格形式，答案應選 (А) его。選項 (Б) он是第一格，選項 (В) ему 是第三格，選項 (Г) им 是第五格。

第33題。動詞учится為第三人稱單數現在式形式。前置詞 в＋名詞第六格表示「地點」或是「靜止的狀態」，此為「地點」。整句缺乏主詞，所以答案應選擇人稱代名詞第一格形式，而「朋友」Андрей是男性，故選 (A) он。

第34題。關鍵詞是動詞дружим。它的形式是第一人稱複數現在式，其原形動詞為дружить，意思是「與某人做朋友」，所以主詞自然也應為第一人稱複數形式的人稱代名詞 (Б) мы。但是必須注意，這裡的мы с ним為俄語的慣用說法，主詞мы在這裡其實就只是單數的я，應譯為「我跟他」，而非「我們與他」。

【翻譯】

我有一個朋友，他叫安德烈。他在大學念書。我跟他已經是很多年的朋友了。

■ 第三部分
第35-47題：請選一個正確的答案

Марат Сафин – известный российский теннисист. Марат родился ... (35). В детстве, когда ... (36) было 6 лет, он мечтал ... (37). Но тренер не взял его ... (38). Тогда Марат начал играть ... (39) в теннис.

Его мама была ... (40). Она сразу увидела, что ... (41) есть талант, и дала ему первые уроки ... (42). В 14 лет Марат поехал учиться в Испанию, потому что там хорошая теннисная школа.

В Испании он много занимался и учил испанский язык. Марат говорит, что ему очень нравится ... (43), но он больше любит ... (44). Марат живёт один. У него ещё нет ... (45), потому что всё свободное время он отдаёт теннису.

Корреспондент ... (46) «Спорт» спросил Марата Сафина, кем он хочет стать. Марат ответил, что он хочет стать ... (47) мира.

35. (А) в Москву
    (Б) в Москве
    (В) о Москве
    (Г) из Москвы

36. (А) Марат
    (Б) Марата
    (В) Марату
    (Г) Маратом

37. (А) футбол
    (Б) футбола
    (В) футболом
    (Г) о футболе

38. (А) в команду
    (Б) в команде
    (В) из команды
    (Г) о команде

39. (А) к маме
    (Б) с мамой
    (В) о маме
    (Г) у мамы

40. (А) теннисисткой
    (Б) теннисистку
    (В) теннисистки
    (Г) теннисистке

41. (А) сын
    (Б) к сыну
    (В) у сына
    (Г) о сыне

42. (А) теннис
    (Б) тенниса
    (В) теннисом
    (Г) теннису

43. (А) Испания
    (Б) Испанию
    (В) Испании
    (Г) об Испании

44. (А) Россия
    (Б) о России
    (В) в России
    (Г) Россию

45. (А) семья

    (Б) семьи

    (В) семью

    (Г) семьёй

46. (А) журнал

    (Б) журнала

    (В) журналом

    (Г) в журнале

47. (А) чемпион

    (Б) чемпиона

    (В) чемпиону

    (Г) чемпионом

第35題。關鍵是動詞родился。該動詞的原形為родиться，意思是「出生」，通常後接表「地點」或「時間」的副詞或是相關詞組，例如Антон родился в 1996 году на Тайване. 安東1996年在台灣出生。本題應選 (Б) в Москве。

第36題。句中的關鍵是詞組было 6 лет「當時六歲」。表示「年紀、歲數」的句型中，「主體」（非「主詞」）必須用第三格，例如Антону 20 лет. 安東20歲；Этому заводу уже 150 лет. 這座工廠已經有150年了。Антону與Этому заводу都是「主體」，並非「主詞」，需用第三格。本題應選 (В) Марату。

第37題。關鍵是動詞мечтал。該動詞的原形是мечтать，意思是「夢想、渴望」，通常後接原形動詞或是前置詞о＋名詞第六格，例如Антон мечтает поехать на Тайвань учиться. 安東夢想去台灣念書；Антон мечтает о хорошей жизни. 安東渴望美好的生活。本題應選 (Г) о футболе。

第38題。本題應從句意角度著手。主詞是тренер「教練」，動詞是взял「拿、取」，後接受詞第四格его「他」，所以句意為「但是教練沒有拿 (錄取) 他」。選項 (А) в команду是前置詞в＋名詞第四格，可解釋為「到球隊」；選項 (Б) в команде是前置詞в＋名詞第六格，是「在球隊」的意思；選項 (В) из команды是前置詞из＋名詞第二格，可解釋為「從球隊」；選項 (Г) о команде是前置

詞о＋名詞第六格，是「有關球隊」的意思。依照句意，教練並沒錄取主角到球隊來，所以應選擇 (A)。

第39題。動詞начал играть в теннис是關鍵。主詞是Марат，之後動詞начал играть接前置詞с＋名詞第五格，意思是「開始與某人打網球」。動詞начал是完成體動詞，未完成體動詞是начинать。要注意，本動詞後接的原形動詞一定要未完成體動詞。類似的動詞還有кончать／кончить「結束」、продолжать продолжить「持續」，例如Антон кончил строить гараж в эту субботу. 安東在這個星期六把車庫蓋好了；После тайфуна Антон продолжил строить гараж. 安東在颱風過後繼續蓋車庫。本題應選 (Б) с мамой。

第40題。關鍵是BE動詞была。我們要熟悉BE動詞在句中的使用方法。BE動詞在現在式的時候要省略不用，例如Антон повар. 安東是個廚師。而在過去式或是未來式的時候則要呈現，例如Антон был поваром. 安東以前是位廚師；Антон будет поваром. 安東將會成為一位廚師。由例句得知，BE動詞在過去式及現在式的時候不能省略，否則無法釐清時態。另外，BE動詞後若接名詞，名詞則應該用第五格，如поваром。本題應選第五格形式 (A) теннисисткой。

第41題。句型у＋名詞第二格＋есть＋名詞第一格表示「某人有某物（人）」之意，例如У Антона есть мотоцикл. 安東有部機車；句型у＋名詞第二格＋нет＋名詞第二格，表示「某人沒有某物（人）」之意，例如У Антона нет денег. 安東沒有錢。另可參考第17、31題。按照句意，本題應選 (B) у сына。

第42題。主詞是前一題的мама，動詞為дала，之後接間接受詞ему，而後是直接受詞первые уроки，之後還有答案的名詞，所以要知道後面的名詞應用第二格來修飾受詞первые уроки並當作「從屬關係」，表示「什麼樣的課程」。本題答案為 (Б) тенниса。

第43題。考的是熟悉的句型。句中有動詞нравиться「喜歡」的話，表示喜歡的名詞（人或動物）必須用第三格，是為「主

體」，而被喜歡的名詞（也可是其他的詞類）則是用第一格，例如 Антону нравится этот дом. 安東喜歡這棟房子。安東是主體用第三格，而房子是被喜歡的物體，用第一格。本題主體為 ему，是人稱代名詞 он 的第三格，所以答案必須選擇第一格的 (A) Испания。

第44題。主詞是 он。動詞 любит 的原形動詞是 любить，意思是「喜歡、愛」，後可接未完成體動詞或是直接受詞第四格，例如 Антон любит играть в футбол. 安東喜歡踢足球；Антон очень любит Анну. 安東非常愛安娜。所以答案應該是直接受詞第四格的名詞 (Г) Россию。

第45題。考的是句型 у ＋名詞第二格＋ нет ＋名詞第二格，表示「某人沒有某物（人）」之意，請參考第41題的解說。本題應選擇 семья 的第二格 (Б) семьи。

第46題。主詞 корреспондент「記者」、動詞 спросил「詢問」、受詞第四格 Марата Сафина，三者都齊全了，而答案的名詞選項位於主詞後面，所以是考一個名詞第二格「修飾」前面的名詞來作為從屬關係的概念。名詞 журнал 的第二格就是答案 (Б) журнала。值得一題的是動詞。動詞 спрашивать ／ спросить 是「問、詢問」的意思，後接受詞第四格，如本題的句子；另外有一組動詞 просить ／ попросить 與他們類似，但是詞意不同，為「請求」的意思，後面也是接受詞第四格，例如 Антон попросил меня помочь ему. 安東請我幫助他。

第47題。關鍵是動詞 стать。動詞 стать 後若接名詞，則要用第五格，表示「成為」之意，例如 Тайбэй стал известным городом. 台北變成了一個知名的城市。動詞 стать 是完成體動詞，其未完成體動詞形式與完成體動詞差異甚大，為 становиться，考生必須掌握。

【翻譯】

馬拉特薩芬是位的俄羅斯網球名將。馬拉特在莫斯科出生。在孩童時期，當他六歲的時候，他夢想當一位足球選手，但是教練並

沒有錄取他，於是馬拉特開始跟媽媽打網球。

他的媽媽曾經是位網球選手。她馬上察覺兒子有天分，所以就教他網球的入門課程。馬拉特在14歲的時候前往西班牙唸書，因為在那裡有好的網球學校。

在西班牙他非常用功念書，同時學習西語。馬拉特說他非常喜歡西班牙，但是他更熱愛俄羅斯。馬拉特一個人住。他還沒成家，因為他把所有的時間都花在網球上。

「運動」雜誌的記者問馬拉特薩芬他的志向為何，馬拉特回答說他想成為世界冠軍。

■ 第四部分

第48-58題：請選一個正確的答案

Моя подруга Ира интересуется искусством и немного ... (48) сама. Она часто ... (49) в музеи и на выставки. В воскресенье мы с Ирой ... (50) в парке. Там было так красиво, что моя подруга ... (51) нарисовать картину. На следующий день она пришла в парк, ... (52) красивое место и ... (53) рисовать. Она ... (54) долго, целый день. Когда я ... (55) её картину, я ... (56), что моя подруга настоящий художник. Завтра я ... (57) Иру подарить картину. Думаю, что Ира с удовольствием ... (58) мне её.

48. (А) нарисует
    (Б) рисует
    (В) рисовала

49. (А) будет ходить
    (Б) ходила
    (В) ходит

50. (А) гуляем
    (Б) гуляли
    (В) будем гулять

51. (А) решила
    (Б) решала
    (В) решит

52. (А) найдёт

   (Б) найти

   (В) нашла

53. (А) начинала

   (Б) начнёт

   (В) начала

54. (А) работала

   (Б) работает

   (В) будет работать

55. (А) вижу

   (Б) увидела

   (В) увижу

56. (А) поняла

   (Б) понимала

   (В) пойму

57. (А) попрошу

   (Б) попросила

   (В) прошу

58. (А) дарила

   (Б) подарит

   (В) подарила

　　這個部分的考題是考動詞的時態，另外還有考未完成體動詞與完成體動詞的使用規則。動詞的時態可從句意來瞭解。而談到動詞的體，我們則必須清楚了解動詞的動作是重複性的還是一次性的、是過程還是結果。另外動詞的體又與時態息息相關。未完成體動詞有三態：現在式、過去式及未來式；而完成體動詞只有過去式與未來式，並沒有現在式。

　　第48題。本題關鍵是動詞интересуется。該動詞的原形形式是интересоваться，為未完成體動詞，而完成體動詞是заинтересоваться。動詞後接名詞第五格，表示「對某人、某物有興趣」，例如Антон интересуется современной музыкой. 安東對現代音樂有興趣。另外，考生也要學會интересовать / заинтересовать的用法。動詞不加 -ся的時候，主詞要變成被感到興趣的人或物，而主動的人則便成了受詞，所以上面的例句就會變成：Антона интересует современная музыка. 名詞Антона是第四格，主詞

современная музыка是第一格。句中有個連接詞 и，所以我們按照句意也要搭配一個與интересуется一樣的現在式動詞。答案應選擇 (Б) рисует。

　　第49題。句中有頻率副詞часто，是「常常地」的意思，說明了主角的行為是有規律性的。另外，從上、下文判斷，這種規律性的行為是現在還在發生的，所以依照語法的規定，答案應該也是現在式，所以我們應選 (В) ходит。

　　第50題。依照上、下文的內容及動詞時態判斷，本題的動詞應為過去式，而非未來式或現在式。本題應選擇 (Б) гуляли。

　　第51題。句中的背景時態是過去式 (Там было так красиво)，同時按照句意，答案也應該選擇過去式。但是選項有完成體動詞решила與未完成體動詞решала。動詞的意思是「決定、解決」。如果用未完成體，則意味著主角「多次」或「反覆」地決定畫一幅畫；如果是完成體，那麼就是「決定了就是決定了」，表示「一次性」的動作。根據句意，我們應該選擇完成體動詞 (А) решила。

　　第52-53題。依照句意，主角在次日回到公園 (пришла в парк)，背景是過去式，所以兩個答案也應該是過去式的動詞，同時按照句意也應該用完成體動詞，也就是說，先 (В) нашла「找到」，而後 (В) начала「開始」。值得注意的是，如果句中有兩個或以上的完成體動詞，那麼意思就是這些動作按照先後順序進行或完成，例如Антон повторил новые слова и сделал домашнее задание. 安東複習了新的單詞，然後做完了功課。再提醒一次。動詞начинать / начать「開始」後面接原形動詞的話，只能接未完成體動詞，所以本句начала之後是рисовать，而非нарисовать。

　　第54題。本題的關鍵是時間副詞долго「久」以及表示一段時間的целый день「一整天」。如果句中有上述表「一段時間」的副詞或詞組，則該句動詞強調是動作的「過程」，而非「結果」，所以要用未完成體動詞。但是本題並不是考動詞的體，而是時態。本題的背景是過去發生的事情，所以應選 (А) работала。

第55-56題。可以參考第52-53題。句子需要兩個動詞作為答案，而這兩個答案正是依照先後順序來發生，先「看到」(Б) увидела，而後「明白」(A) поняла。

第57題。關鍵在時間副詞завтра「明天」。「明天」是未來式，所以答案應該要選擇動詞的未來式。動詞попрошу是完成體動詞попросить的第一人稱單數變位，表未來式。動詞попросила是動詞的過去式。動詞прошу是未完成體動詞просить的第一人稱單數變位，是現在式。在檢視三個選項之後，我們應選擇 (A) попрошу。

第58題。延續第57題，同樣是表述未來要發生的事情，所以答案應選表示未來式的動詞。選項 (A) дарила是未完成體動詞дарить「送」的過去式。選項 (Б) подарит是完成體動詞подарить的第三人稱單數變位，是未來式。選項 (B) подарила是完成體動詞подарить的過去式。本題應選 (Б) подарит。

【翻譯】

我的朋友易拉對藝術有興趣，她自己偶而也畫畫。她常常去博物館、去看展覽。星期天我跟易拉在公園散步。那裡是如此的美麗，所以我的朋友決定要畫一幅畫。隔天她回到了公園，找到了一個漂亮的地方，然後開始畫畫。她畫了許久，畫了一整天。當我看到她的畫時，我明白了，我的朋友是個真正的畫家。明天我要請求易拉把畫送給我。我認為她會很樂意地把畫送給我。

■ 第五部分

第59-64題：請選一個正確的答案

Недавно Антон ... (59) в Петербург и познакомился там с Наташей. Наташа показала ему Петербург, а Антон пригласил Наташу в Москву. Однажды утром Антон получил телеграмму из

Петербурга: « ... (60) в Москву 1 мая. Встречай! Ленинградский вокзал. Поезд № 5. Вагон № 10. Наташа». Антон был очень рад. Он взял такси и ... (61) на Ленинградский вокзал. Он ... (62) и думал о Наташе. Антон ... (63) на вокзал, встретил Наташу, и они ... (64) на Красную площадь.

59. (А) ходил   60. (А) приеду

    (Б) ездил   (Б) приедешь

    (В) ехал   (В) приду

61. (А) поедет   62. (А) ехать

    (Б) поехать   (Б) ехал

    (В) поехал   (В) ехала

63. (А) ехал   64. (А) поехали

    (Б) поехал   (Б) поедут

    (В) приехал   (В) поехать

　　這個部分的考題在於檢視我們對移動動詞的詞意是否清楚掌握，另外要熟稔運用動詞的時態，也是基本能力。例如Вчера Антон ходил в кино. 安東昨天去看電影。動詞用ходил，而不是шёл，那是因為去看電影的意思是「去看了電影，也回來了」，所以要用「不定向移動動詞」ходить。如果要用「定向移動動詞」，通常是指「當下正在進行」的動作，例如Когда ты видел меня вчера на улице, я шёл на почту. 昨天當你看到我的時候，我正走去郵局。動詞видел與шёл可看做「一個動詞是另外一個動詞的背景」，說明了動詞шёл移動的方向。試想，當兩人迎面走來在街道上相遇，行走（或坐車）的方向應該是定向的，而非「繞行」的不定向移動。

第59題。選項 (А) ходил是過去式、不定向的移動動詞，原形動詞是ходить，意思是「去、走」，不須交通工具的移動。選項 (Б) ездил也是過去式、不定向的移動動詞，原形動詞是ездить，意思是「去」，是搭乘交通工具的移動。選項 (В) ехал是過去式，原形動詞是ехать，為ездить成對的定向移動動詞。根據句意，主角去了彼得堡，並在那裡認識了娜塔莎，所以應該採用需搭乘交通工具的移動動詞。如果選用定向的ехал，則表示主角還在路上，尚未抵達彼得堡，與句意不符。本題答案應選 (Б) ездил，表示主角去了，又回來了，是「不定向」的概念。

第60題。選項 (А) приеду的原形動詞是приехать，為第一人稱單數的變位、未來式。該動詞為完成體的定向動詞，需交通工具。前綴при-有「來到、抵達」的意思，例如Антон приедет из Москвы через неделю. 安東一個禮拜之後會從莫斯科抵達。選項 (Б) приедешь的原形動詞也是приехать，但是是第二人稱單數的變位、未來式。選項 (В) приду的原形動詞是прийти，是第一人稱單數的變位、未來式。該動詞為完成體的定向動詞，不需交通工具。根據句意，女主角要從彼得堡來到莫斯科，並要求男主角到火車站接，所以是表示一個未來即將發生的動作，應用完成體，表未來式。從彼得堡來到莫斯科較為合理的是搭乘交通工具，而非步行，所以答案應選 (А) приеду。

第61題。主詞是он，動詞是взял，受詞是такси。動詞взял的原形動詞是взять，是完成體動詞，未完成體動詞為брать，意思是「取、拿」。該動詞在詞組中需依上下文判別其詞意，例如взять книги в библиотеке，則應解釋為「借」；詞組взять мороженое в магазине，則應翻譯為「買」。在此взять такси則應解釋為「攔計程車、搭計程車」。接下來判斷答案。選項 (А) поедет是第三人稱完成體動詞的變位，表未來式，不符句意。選項 (Б) поехать是原形動詞，不符合該句的語法規定。選項 (В) поехал是поехать的第三人稱單數陽性過去式，是答案。再次提醒，本句中有兩個完成體動

詞，分別是взял與поехал，這兩個動作按照先後次序發生，「先攔了車，後前往」。考生一定要清楚掌握這完成體動詞的內涵。

第62題。是送分題。依照句子結構，主詞он清楚明白，所以答案必須選 (Б) ехал。選項 (А) ехать是原形動詞，不符合語法規定。選項 (В) ехала是動詞陰性的過去式，與主詞он不符。

第63題。主詞是Антон，後有前置詞на＋名詞第四格вокзал。名詞第四格在這裡說明的是一個進行的動作，而非靜止的狀態，所以一定是與移動動詞連用。而後有另外一個動詞встретил「遇到、迎接」，受詞第四格Наташу。動詞встретил的原形動詞是встретить，是完成體動詞，其未完成體動詞為встречать。所以我們要選一個完成體的動詞來與встретил這個動詞做搭配，表示「先……，而後接娜塔莎」。選項 (А) ехал不是完成體動詞，不考慮。選項 (Б) поехал，是完成體動詞，前綴 по-有「開始一個動作」的意思，所以поехал可譯為「前往」。選項 (В) приехал也是完成體動詞，意思是「抵達」，較符合句意，為答案。

第64題。延續第63題的結構與內容。主角抵達之後，接了女友，然後接著下一個動作。與前面幾題相似，句中如有兩個或多個完成體動詞，他們就是依照先後次序發生、完成。本句主角接了女友之後，依照句子背景時態，答案應選一個過去式的完成體動詞。選項 (А) поехали是完成體動詞，過去式。選項 (Б) поедут，是完成體動詞，未來式。選項 (В) поехать是原形動詞。答案應選 (А) поехали。

【翻譯】

不久前安東去了一趟彼得堡，並在那裡認識了娜塔莎。娜塔莎帶著他在彼得堡逛逛，而後安東邀請娜塔莎去莫斯科。有天早上安東收到一封從彼得堡傳來的電報：「我5月1日抵達莫斯科。來接我。列寧格勒火車站。第5號列車。第10號車廂。娜塔莎」。安東非常高興。他搭了計程車前往列寧格勒火車站。他一面走著，一面

想著娜塔莎。安東抵達了車站、接了娜塔莎，然後他們驅車前往紅場。

■ 第六部分
第65-70題：請選一個正確的答案

Я очень люблю кино, ... (65) мой брат – театр. Я часто приглашаю его в кино, ... (66) он не хочет идти. Он говорит, ... (67) фильмы можно посмотреть дома по телевизору. Я недавно ходил с братом в театр, ... (68) он пригласил меня. В спектакле играли известные артисты, ... (69) я с удовольствием посмотрел этот спектакль. ... (70) мой брат пригласит меня в театр ещё раз, я обязательно пойду с ним.

65. (А) но
    (Б) а
    (В) и

66. (А) но
    (Б) но и
    (В) тоже

67. (А) кто
    (Б) что
    (В) где

68. (А) если
    (Б) как
    (В) потому что

69. (А) поэтому
    (Б) куда
    (В) потому что

70. (А) как
    (Б) тоже
    (В) если

這個部分的考題在於檢視我們對於一些「連接詞」、「副詞」、「疑問副詞」、「疑問代名詞」等等詞意是否清楚掌握。

第65題。選項 (A) но是連接詞，意思是「但是」。選項 (Б) а 也是連接詞，意思與но類似，是「但是、而、卻」。那要如何區分 но與а呢？舉例說明：Антон любит Россию, а мы любим Тайвань. 安東喜歡俄羅斯，而我們熱愛台灣。動詞都是一樣的，但是安東 與我們是不同的主詞，所以對比的表示方法用「а」；如果主詞相 同，類似的對比表達方式要用「но」，例如Антон любит виноград, но не любит яблоко. 安東喜歡吃葡萄，但是不喜歡蘋果。選項 (B) и是連接詞，詞意甚多，如「和、與、接著、於是」等等，建議考 生參考詞典。本題因為前後主詞不同，所以答案選 (Б) а。

第66題。選項 (A) но在前提已經詳細解說，請參考。選項 (Б) но и也是連接詞。選項 (B) тоже是副詞，為「也、也是」的意思。 根據句意，主角邀請他的哥哥去看電影，「但是」哥哥不想去，答 案應選 (A) но。

第67題。選項 (A) кто是疑問代名詞，與名詞一樣，需要變格， 意思是「誰」。選項 (Б) что可為疑問代名詞，與名詞一樣，也是需 要變格，意思是「什麼」；另外它也可扮演「連接詞」的角色，在 句中沒有特別的意思，僅有連接前後兩句的功能，例如Антон не знает, что Анна уже приехала с Тайваня. 安東不知道安娜已經從台 灣回來了。選項 (B) где是「疑問副詞」，不需變格。依據句意， 僅需選擇 (Б) что來充當連接詞的角色，連接前後兩個句子。

第68題。分析選項所代表的意思。選項 (A) если是連接詞，是 「如果」的意思。選項 (Б) как是疑問副詞，意思是「如何」。選 項 (B) потому что是「因為」的意思，出現在句中有前因後果的關 係。本題為「前因」，所以要選 (B) потому что。

第69題。選項 (A) поэтому是副詞，為「所以」的意思，出 現在句中的話，代表句中必有前因後果的敘述。選項 (Б) куда， 是疑問副詞，不需變格，是「去哪裡」的意思。選項 (B) потому что在上題已出現，請參考。本題為「後果」，所以答案要選 (A) поэтому。

第70題。選項 (A) как是「疑問副詞」，意思是「如何」。選項 (Б) тоже是副詞，為「也、也是」的意思。選項 (В) если是「連接詞」，是「如果」的意思。本題依照句意是一般假設的敘述，所以答案應該選擇 (В) если。

【翻譯】

我非常喜歡看電影，而我的哥哥喜歡劇場。我常常邀請他去看電影，但是他都不想去。他說，電影可以在家看電視轉播。我不久之前跟哥哥去看了一齣戲，因為他邀請我去的。在劇中有一些著名的演員演出，所以我欣然地看了這部戲劇。如果我的哥哥再次邀請我去劇場，我一定會跟他去。

📋 項目二：聽力

考 試 規 則

> 聽力測驗共有5大題，共25小題。作答時間為30分鐘。
> 作答時禁止使用詞典。拿到試題卷及答案卷後，請將姓名填寫在答案卷上。
> 聽完短訊或對話之後請選擇正確的答案，並將答案圈選於答案卷上。如果您認為答案是Б，那就在答案卷中相對題號的Б畫一個圓圈即可；如果您想更改答案，只需將答案畫一個圓圈就好，原來您認為是錯的選項只需再打一個X即可。

【解題分析】

　　聽力的重點不外乎要聽出句子當中出現的人、事、時、地、物。聽力測驗的內容中一定會有主詞、動詞、受詞，此外一定要聽出表示時間及地點的副詞及詞組，例如星期、年代、幾點、電話號碼等等。我們在有限制的聆聽時間中必須消化所得到的訊息，並將這訊息短暫的停留在記憶當中，而後在選項中找出與題目相似的重點元素，其實是一件不容易的事情。

　　初級的聽力測驗中，有的題目只播放一次，而有的題目則會播放二次。在實際的考試當中，所有的題目與答案選項也會播放，並且在播放的同時，考生是看得到題目與答案選項的，所以，考生心裡會比較踏實，相對來說也較容易答題。

　　其實，聽力測驗是一項非常不容易事前（試前）準備的科目，因為它不像其他科目有很多技巧可以運用，雖然有的題目會播放二次，但是要在資料播放完畢之後馬上作答，實在不是一件容易的事，而且答案也無從猜起，一定要靠實力。所以，聽力的養成需要

靠平常多聽、多練習才行，臨時抱佛腳的效果確實有限。以下我們提供幾個自我訓練聽力實力養成的方法，不管是俄文系的學生或是自學俄語的考生都適用，希望對大家在聽力方面的訓練有幫助，並且可以順利通過考試。

一、強化語法觀念：我們應該都有一種經驗，就是在聽到俄語的時候，常常會不確定某個單詞的性、數、格，而在辨識內容時造成了困擾。在一般俄國人的交談中，速度與說話習慣在很自然的情況之下進行，我們一定會有很多時候會聽不清楚某些單詞，這是再正常不過的狀況了。試想，當我們在用母語溝通的時候，除了少數人之外（例如播音員、相聲演員），一般給人的印象都是覺得所有的音節都是連在一起、甚至有些音節捨去不發音等等情形，俄國人說話時也是這樣的，所以，聽不到很多單詞的詞尾是很正常的。但是此時，如果你的語法觀念正確的話，你就不會混淆句意，因為此時語法觀念協助了聽力能力不足的缺陷。老師每天要求學生背變格、變位，看似老掉牙，但是在幫助解決聽力問題的時候，就是一個很清新且實際的觀念。

二、大聲朗誦文章：一般我們在學校學習俄語時，老師在分析了單詞、語法等等的語言層面問題之後，就會請學生在家裡複習，甚至要背誦下來，把課文變成自己的東西、豐富學習內容。我們認為，背誦文章絕對是一件必要的事情，文章背起來了之後，以後在口說、語法運用及寫作方面都有莫大的助益，非做不可。然而，絕大多數的學生，在家裡採用的方式是「默念」，也就是說，不會開口去朗誦文章，就算會開口，也不會大聲地唸。這樣非常可惜，因為大聲的朗誦文章，除了加強我們的背誦能力之外，對於聽力技巧的養成也是有相輔相成的效果。大聲的朗誦會增加我們對於文章的記憶力，同時除了對於自己的發音也可以做一番省視，之後對於單詞、句子的辨識能力亦會大大提高，所以，文章一定要大聲地朗誦。

三、多開口說俄語：一般我們都認為，多說俄語，口語能力才會進步，這是不變的道理。殊不知，多說俄語不僅能增加口語能力，對於聽力程度的提升也是有幫助的。當然，平常要多說俄語不是一件容易做到的事情，因為在台灣並沒有良好的口語訓練環境。一般在學校的口語訓練課程僅侷限於「俄語會話」的2個小時，在其他的課程中很難再有開口機會。但是我們要自己找到機會自我訓練，例如不管上任何課的時候都用俄語表達、提問題，希望非以俄語為母語的老師也用俄語回答你的問題，甚至要求老師全程以俄語教學，讓聽俄語變成一種習慣。如果可以透過社群網站找到俄國朋友更好，透過網站或是實際與網友聚會，多多練習聽力與口說能力。

四、看短劇練聽力：聽力程度的養成一定要從基本做起，我們不能好高騖遠，一開始就逼自己聽內容很艱深的國際新聞是完全沒有必要的。我們應該慢慢地由非常簡單的一般日常會話、廣告等生活俄語進而提高內容的難度。現在在網路上有很多的俄語短劇，我們在看與聽的時候，我們要把譯文寫出來，看看有沒有聽錯或是不合理（例如性、數、格不一致）之處，請老師或是俄國友人檢查譯文，驗證自己是否完全聽對資料的內容。

　　初級的聽力測驗中，首先是5題事實的陳述，我們必須根據事實來選一個正確的答案。其他的題目大多為小篇幅的對話，考的是對話主題或是單一重點事實，而最後有兩篇篇幅較長的對話與「通告」。本測驗的特殊性在於題目不全然是選擇題，而還有問答題，也就是說，在最後兩篇篇幅較長的對話題與「通告」題中，考生必須將答案以文字方式填在答案卷上，這種作答方式無疑又增加了答題的困難程度，考生緊張的心情也相對升高。

　　題目型態都是較為生活化的內容，難度不高，而最後的對話題與「通告」題因為篇幅較長、資訊較多，所以相對的難度也較高。以下就此模擬試題版本，分析並講解所有聽力題目，考生則可

以在家反覆聽音檔（如有需要，請來信索取：info.torfl.tw@gmail.com），熟悉語調與節奏，自我練習並寫下譯文，相信對考生一定有所幫助。

第一部分

第1題到第5題：聆聽每則短訊，之後選一個與短訊意義相近的
答案。

ЧАСТЬ 1

1. В субботу вечером в общежитии будет встреча с режиссёром
   фильма «Анна Каренина».
   (А) В пятницу вечером в общежитие на встречу приедет
   режиссёр фильма «Анна Каренина».
   (Б) Режиссёр фильма «Анна Каренина» выступает в общежитии
   в субботу вечером.
   (В) В субботу вечером в общежитии состоится встреча с
   артистами из фильма «Анна Каренина».

　　本題的「人」是режиссёр фильма «Анна Каренина»「電影
（安娜卡列尼娜）的導演」，「事」是встреча「見面」，「時」
是в субботу вечером「星期六晚上」，「地」是в общежитии「在
宿舍」。名詞встреча是由動詞встречать(ся) / встретить(ся) 所派
生，不論動詞或名詞，後通常接前置詞 с＋名詞第五格，表示「與
某人或某物見面、結識」之意，例如Мы с Антоном встречаемся
раз в неделю. 我跟安東一個禮拜見一次面。本題主詞就是「人＋
事」встреча с режиссёром фильма «Анна Каренина»，而動詞是
будет，是未來式，表示「即將到來」，另外加上時間與地點，所
以答案非常清楚要選 (Б)。答案выступает的原形動詞是выступать
/ выступить，是「表演、演出、發言、演說」的意思，例如Антон
выступил на собрании. 安東在會議上發言。我們看看其他不是答

案的選項。選項 (A) 的時間與題目不符，而選項 (Б) 的「人」不是導演，而是артисты「演員」。另外，動詞состоится的原形動詞為состояться，是「舉行」的意思，例如Собрание состоится завтра в 3 часа. 會議在明天三點舉行。

1. 星期六晚上在宿舍將有個與電影「安娜‧卡列尼娜」導演的見面會。
   (A) 星期五晚上電影「安娜‧卡列尼娜」的導演將前來宿舍參加見面會。
   (Б) 星期六晚上在宿舍將有個與電影「安娜‧卡列尼娜」導演的見面會。
   (В) 星期六晚上在宿舍將舉辦與電影「安娜‧卡列尼娜」演員的見面會。

2. Прослушайте информацию о погоде на воскресенье 20-ое октября.
   (А) Прослушайте, какая будет погода в воскресенье 20-го октября.
   (Б) Вы слушали информацию о погоде на воскресенье 20-ое октября.
   (В) Прослушайте информацию о погоде на пятницу 25-ое октября.

　　本題最應該注意的地方是時間：воскресенье 20-ое октября「星期天，10月20日」。另外，動詞прослушайте是完成體動詞命令式，表示未來的時間「請聆聽」，後接名詞информацию第四格，為受詞。名詞информация後通常接前置詞о＋名詞第六格，表示「有關某人或某物的訊息」，所以информация о погоде就是「有關天氣的訊息」。另外，題目中的前置詞на與в不同，表示「期

限」，在翻譯的時候並沒有明顯的差異。選項 (A) 的時間與題目吻合，另外，句子中的時態也與題目句的時態相同，就是答案。選項 (Б) 雖然時間與題目的時間一樣，但是句子的動詞是過去式，表示「已經聽過了」，與題目不符。選項 (B) 是完全另外一個時間，無須考慮。

2. 請聆聽10月20日星期天的天氣訊息。
   (A) 請聆聽10月20日星期天將會是怎麼樣的天氣。
   (Б) 您已經聽了10月20日星期天的天氣訊息。
   (B) 請聆聽10月25日星期五的天氣訊息。

3. В субботу Вы можете поехать на экскурсию в старинный русский город Владимир.
   (A) В субботу во Владимире бывает много туристов.
   (Б) Экскурсия во Владимир будет очень интересная.
   (B) В субботу мы можем поехать на экскурсию во Владимир.

　　本題的「人」是вы「您、你們」，「事」是можете поехать на экскурсию「可以去旅遊」，「時」是в субботу「在星期六」，「地」是в старинный русский город Владимир「去古老的俄羅斯城市弗拉基米爾」。或許有少數單詞或城市名稱聽不懂，例如старинный Владимир，但是卻不影響答題。選項 (A) 有一個與題目毫不相關的名詞туристов「觀光客」，是複數第二格形式，因為前面有不定量數詞много「很多」。雖然時間是對的，但是句意與題目不同。選項 (Б) 也有一個在題目中並沒提到的元素：очень интересная「非常的有趣」。我們在聽到或看到「詞意強烈」的詞，例如очень，一定要特別注意，我們在「閱讀」測驗單元將會有更多的敘述。本題答案應選 (B)。

3. 星期六你們可以去俄羅斯的古城弗拉基米爾旅遊。

  (A) 星期六在弗拉基米爾通常有許多的觀光客。

  (Б) 去弗拉基米爾的旅遊將會非常有趣。

  (В) 星期六我們可以去弗拉基米爾旅遊。

4. Уважаемые пассажиры, автобусные билеты можно купить у водителя только на остановке.

  (A) В автобусе пассажиры могут покупать билеты только на остановке.

  (Б) Пассажиры автобуса могут покупать билеты у водителя в любое время.

  (В) Пассажиры всегда покупают билеты в автобусе.

    本題聽到一個「詞意強烈」的單詞только「只、只有、只是」。再次強調，如果句中有相關詞意強烈的單詞或詞組，考生一定要特別注意，因為這些詞類之所以出現在句中一定有其特別意義。句首уважаемые пассажиры「尊敬的乘客們」為召喚語，而後автобусные билеты「公車票」為受詞第四格，動詞在後можно купить「可以購買」。詞組у водителя的意思是「在司機那裡」，表示「地點」，例如Вчера Антон был у Анны в гостях. 昨天安東在安娜家做客。句子最後有詞意強烈的單詞только，之後接地點на остановке「在站牌」，所以我們瞭解了句子主要意義就是「車票只能在站牌（靠站）買」。選項 (A) 句意與題目幾乎完全相同，所以是答案。選項 (Б) 的詞組в любое время「在任何時間」意思與題目不符。選項 (В) 就是一個事實陳述，與題目無關。

4. 尊敬的乘客，公車票只能在靠站時跟司機購買。

  (A) 在公車上乘客只能在靠站時買票。

  (Б) 公車乘客可以在任何時間跟司機買票。

  (В) 乘客總是在公車上買票。

第5題到第7題：聆聽每則對話並辨別這些人對話的地點。

　　第二部分與第三部分的聽力測驗通常要比第一部分來得簡單一些，理由有二：(1) 對話內容相對較長，不像第一部分只有短短一句話，考生容易因為太緊張而錯失聽懂的機會，而第二部分對話相對豐富，所以有較多機會聽到與對話主題的關鍵字；(2) 對話是由兩人（通常是一男一女）進行，談話時情感成分多、語調分明，比較容易聽懂。

　　建議考生在應考的時候一定要心平氣和，切忌心浮氣躁，若是有聽不懂的地方，也千萬不要放棄，盡量找到對話中的「關鍵詞」，這個關鍵詞有可能只是一個單詞，也可能是一個較大的主題，如果仔細聆聽，找到關鍵詞的機會是很大的。況且，這個部分是可以聽兩次，聽完一次之後沒有把握做答，但是心底也有了大概的樣貌，再聽第二次的時候，幾乎可以完全聽懂了。

ЧАСТЬ 2

5. • Какая интересная сегодня игра!

　　• Да, «Спартак» сегодня отлично играет.

　　• Ура! Гол! Счёт 1:0!

Слушайте диалог ещё раз.

Они говорят ...

(А) на улице

(Б) на стадионе

(В) в парке

5. • 今天的比賽真是有趣！

   • 是啊，「斯巴達」今天踢的好極了。

   • 萬歲！進球了！比數一比零。

再聽一次對話。

他們 ＿＿＿＿ 談話。

(A) 在街道上

(Б) 在體育館裡

(В) 在公園裡

　　本題的主題是「足球」，並非所有考生都能容易辨別。然而，對話中第一句出現的名詞игра「遊戲、比賽」卻是考生需要掌握的。該詞的動詞形式為играть，意思很多，可當「遊玩」，例如Дети играют в парке. 孩子們在公園裡遊玩；可當「打、踢」，後面接前置詞в＋球類運動（含棋類）第四格，例如Дети играют в волейбол. 孩子們在打排球；可當「彈奏、演奏」，後面接前置詞на＋樂器第六格，例如Дети играют на гитаре. 孩子們在彈吉他。第二句的女聲提到動詞играть的第三人稱單數現在式變化играет，而主詞是一個專有名詞 «Спартак»，考生應該聽不懂，但是聽了兩次，應該可以辨別«Спартак»就是主詞。動詞前有一個副詞отлично修飾動詞，表示主詞「打、踢、玩、彈奏」的很好。最後第三句的男聲很激動地說了一些除了Ура!「萬歲」之外我們聽不懂的東西：гол「射中球門，得分」、счёт「計算、帳單、運動比賽的比分」、1:0 (один ноль)「一比零」。最後，考生雖然知道主詞是«Спартак»，但是卻不知道它是莫斯科的足球隊，所以本題在答題上還是需要點運氣。本題需選擇 (Б)。

6. • Посмотри, какая интересная картина! Тебе нравится?

   • Нет, не очень. Я больше люблю портреты.

   • Тогда пойдём в другой зал, посмотрим портреты.

Слушайте диалог ещё раз.

Они говорят ...

(А) в музее

(Б) дома

(В) в театре

6. • 你看，多麼有趣的一幅畫啊！你喜歡嗎？

   • 不，不是很喜歡。我比較喜歡肖像畫。

   • 那麼我們去另外一個廳，看看肖像畫。

再聽一次對話。

他們 ＿＿＿＿＿ 談話。

(А) 在博物館

(Б) 在家

(В) 在劇院

　　本題有幾個關鍵詞可讓我們判斷對話的主題或是對話的地點。名詞картина是「畫」的意思，是個初級的詞彙，考生應該掌握。名詞портрет是「肖像畫」，題目中出現的是複數形式，考生如果不知道該詞的詞意，但也要知道該詞與картина應同屬詞意相近之詞，因為第二句的больше是「比較多、更多」的意思，說明了他不喜歡картина，而比較喜歡портреты。詞組пойдём в другой зал「去另外一個廳」，以及посмотрим портреты「看肖像畫」，應該

是題目的最關鍵處，尤其是名詞зал與動詞посмотрим，讓我們選擇
(A)，而非選擇「在劇院」。

7. • Куда ты едешь? Нам надо ехать направо!

   • Я еду правильно, я знаю дорогу.

   • Сейчас я возьму карту и посмотрю, какая это улица!

Слушайте диалог ещё раз.

Они говорят ...

(А) в поезде

(Б) в автобусе

(В) в машине

7. • 你往哪走？我們要向右轉。

   • 我走的沒錯，我知道路。

   • 我現在拿地圖來看這是哪條路。

再聽一次對話。

他們 _____ 談話。

(А) 在火車上

(Б) 在公車上

(В) 在汽車裡

     本對話就像是老夫老妻的鬥嘴。關鍵是前兩句以不同形式出現
的動詞：едешь、ехать、еду。該動詞的意思是「去、走」，是個
定向、需交通工具的移動動詞。第一句其實就是答案了，因為女聲
說到他們應該要向右轉，所以表示他們可以控制他們所在交通工具
的方向，而答案中只有汽車可以任尤他們控制方向，故選 (В)。

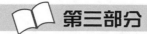

第三部分

第8題到第11題：聆聽每則對話並答題。

8. Что забыли взять муж и жена?

Муж: Так, всё в порядке, наши паспорта у меня.

Жена: А билеты я положила в сумку.

Муж: А где фотоаппарат?

Жена: О! Фотоаппарат! Куда я его положила? Ах, я забыла его на
столе.

Муж: Очень жаль! Я так хотел сделать интересные фотографии.

Слушайте диалог ещё раз.

Что забыли взять муж и жена?

(А) паспорт

(Б) билеты

(В) фотоаппарат

(Г) карту

8. 先生與太太忘了帶什麼？

先生：恩，一切都好，我們的護照在我這裡。

太太：票我則是放到包包了。

先生：那照相機在哪？

太太：啊！照相機！我把它放到哪去了呢？哎呀，我把它忘在桌
上了。

先生：真可惜。我好想拍一些有趣的照片。

再聽一次對話。

先生與太太忘了帶什麼？

(А) 護照

(Б) 票

(В) 照相機

(Г) 地圖

　　本題的答案很明確。對話中的女聲說Я забыла его на столе.是
關鍵，因為有與題目一樣的動詞забыла。動詞為完成體動詞，其
未完成體動詞為забывать，後接受詞第四格。此處的受詞第四格為
его，根據上下文，人稱代名詞его即是фотоаппарат，所以本題答案
應選 (В)。

9. Где Ирина и Сергей хотят встретиться?

Сергей: Ирина, в субботу ты хочешь пойти на концерт в
　　　　консерваторию? Я купил билеты.

Ирина: С удовольствием пойду. А где мы встретимся? Около
　　　　консерватории или в метро?

Сергей: Лучше в метро на станции «Театральная», а оттуда пойдём
　　　　пешком в консерваторию. Это близко.

Слушайте диалог ещё раз.

Где Ирина и Сергей хотят встретиться?

(А) около консерватории

(Б) на улице

(В) около метро

(Г) в метро

9. 依琳娜與謝爾蓋想要在哪裡見面？

謝爾蓋：依琳娜，星期六妳想要去音樂學院的音樂會嗎？我已經買
　　　　了票。
依琳娜：我很樂意去。那我們在哪碰面呢？音樂學院附近或是在
　　　　地鐵？
謝爾蓋：最好在地鐵的「劇院站」，而後從那裡走去音樂學院。
　　　　不遠。

再聽一次對話。

依琳娜與謝爾蓋想要在哪裡見面？
(А) 音樂學院附近
(Б) 街道
(В) 地鐵附近
(Г) 地鐵

　　本題的答案很明確。對話中的女主角問男主角要在哪裡見面，
並且給了男主角兩個選擇：在音樂學院附近 (около консерватории)
還是在地鐵 (в метро)。男主角清楚地選擇了在地鐵見面，所以答
案應選 (Г)。

10. Как чувствует себя Анна Ивановна?

Саша: Алло! Анна Ивановна? Здравствуйте! Как Вы себя чувствуете? В субботу Вам было очень плохо.

А.И.: Здравствуй, Саша. Да, два дня назад было очень плохо, была температура, болела голова.

Саша: А сегодня? Как Вы себя чувствуете? Лучше?

А.И.: Да, уже лучше, чем раньше. Думаю, что через день-два всё будет хорошо.

Слушайте диалог ещё раз.

Как чувствует себя Анна Ивановна?

(А) очень плохо

(Б) уже лучше

(В) отлично

(Г) очень хорошо

10. 安娜伊凡諾夫娜身體如何？

沙薩：喂，是安娜伊凡諾夫娜嗎？您好！您身體如何？星期六您非常的不舒服。

安伊：你好，沙薩。是啊，兩天前是很不好，發燒、頭疼。

沙薩：那今天呢？您身體如何？好點了嗎？

安伊：是的，已經好點了。我想再過一兩天一切將會很好。

再聽一次對話。

安娜伊凡諾夫娜身體如何？

(А) 非常不好

(Б) 已經好點了

(В) 好極了

(Г) 非常好

　　本題的關鍵在於時態。題目是現在式чувствуете，原形動詞為чувствовать，後接反身代名詞第四格себя，表示「身體感覺如何」的意思。男主角陳述過去（в субботу星期六）女主角非常不舒服(было очень плохо)。請注意，如果要表示身體的感覺，人不能用第一格，而要用第三格，例如Мне плохо (Мне было плохо).，而非Я плохо (Я был плохо).。接著女主角陳述身體不舒服的狀況：была температура「發燒」、болела голова「頭疼」。請注意，要表示上述的狀況，需採用句型У＋人稱代名詞第二格：У меня температура（現在式）、У меня была температура（過去式）；У меня болит голова（現在式）、У меня болела голова（過去式）。之後男主角繼續問現在的身體狀況，並且問是不是比較好了(лучше)，而女主角也給了肯定的答案：да, уже лучше，所以答案很清楚，要選 (Б)。

11.Какие билеты купил Миша?

Миша: Скажите, пожалуйста, у Вас есть билеты на концерт сегодня?

Кассир: Сейчас посмотрю… Кажется дешёвые билеты уже кончились. Вот, есть. Только это очень дорогие билеты.

Миша: Неважно, я очень хочу послушать этот концерт сегодня. Дайте, пожалуйста, два билета.

Слушайте диалог ещё раз.

Какие билеты купил Миша?

(А) очень дорогие

(Б) дешёвые

(В) очень дешёвые

(Г) дорогие

11.米沙買了什麼樣的票？

米沙：請問您有今天音樂會的票嗎？

售票員：我看看⋯⋯ 便宜的票好像賣完了。是的，還有，但這是
　　　　非常貴的票。

米沙：沒關係，我非常想聽今天的音樂會。請給我兩張票。

再聽一次對話。

米沙買了什麼樣的票？

(А) 非常貴的

(Б) 便宜的

(В) 非常便宜的

(Г) 貴的

　　本題毫無任何混淆的地方，應可輕鬆解題。主角詢問是否有
今天音樂會的票，而售票員回覆說便宜的票都賣完了，只剩非常
貴的票。我們聽到了「詞意強烈」的單詞только與очень，自然
必須特別注意。這兩個詞意強烈的單詞後接形容詞дорогие＋名
詞 билеты，正是我們需要的答案，因為主角「霸氣地」說，他
非常想聽今天的音樂會，價錢不是問題。本題答案應選 (А) очень
дорогие。

 **第四部分**

第12題到第18題：題目在答案卷。聽完對話後，將相關訊息寫在答案卷上。

　　第四部分的題型較為複雜，複雜的原因並不是因為對話內容比較困難，而是做答的方式改變，本大題作答方式為筆試，而非選擇題。這種答題方式對於考生來說，答錯的機會較高，因為考生就算知道答案為何，但是卻有答案拼寫錯誤的可能，對於考生來說，較不公平。但是考試就是考試，考生只能平時多注意單詞的拼寫問題，努力不犯錯，以求除了知道答案之外，更能正確地寫出答案。

ЧАСТЬ 4

- Курсы русского языка. Доброе утро! Слушаю Вас. Чем я могу Вам помочь?
- Я хочу получить информацию о ваших курсах.
- Пожалуйста. Что Вы хотите узнать?
- Когда начинаются курсы русского языка?
- Следующие курсы русского языка будут в октябре. Приходите, пожалуйста, в понедельник 5 октября.
- А в какое время начинаются занятия?
- Занятия всегда начинаются в 9 часов 15 минут, но в первый день Вы должны прийти немного раньше, потому что Вы должны узнать номер группы и номер аудитории, где Вы будете заниматься.
- Спасибо. Ещё один вопрос. Занятия будут каждый день?

- Нет, занятия будут только 2 раза в неделю – в понедельник и в среду.
- Хорошо. Я понял. А скажите, пожалуйста, где Вы находитесь?
- Чехова, 12.
- Одну минуту, я запишу адрес. Так… улица Чехова, дом 12. Скажите, а это далеко от метро?
- Нет, это недалеко от станции метро «Тверская».

Слушайте диалог ещё раз.

答案卷

	Место учёбы	*Курсы русского языка*
	Курсы русского языка начинаются:	
12	Месяц:	
13	День:	
14	Дата:	
15	Время:	
16	Дни занятий:	
	Адрес:	
17	улица:	
18	Дом:	

- 喂，俄語課程，早安！有什麼可以為您服務的嗎？
- 我想獲得你們的課程訊息。
- 好的。您想知道些什麼呢？
- 俄語課程何時開始？
- 下一期的俄語課程將在10月。請於10月5日前來。
- 那課是什麼時間開始呢？
- 課都是9點15分開始。但是第一天您必須早點到，因為您必須知道您上課的班別及教室號碼。

- 謝謝。還有一個問題。課是每天上嗎？
- 不，課程一個星期只有兩天，星期一及星期三。
- 好的，我瞭解了。請問你們的位置在哪？
- 契科夫街，12號。
- 請等一下，我抄一下地址。恩，契科夫街，12號。請問，離地鐵遠嗎？
- 不，在地鐵「特維爾」站附近。

再聽一次對話。

答案卷

	學習單位	俄語課程
	俄語課程開始於：	
12	月份：	*октябрь*
13	星期：	*понедельник*
14	日期：	*5 октября (05.10)*
15	時間：	*9.15*
16	上課日：	*понедельник, среда*
	地址：	
17	街道：	*Чехова*
18	幾號：	*12*

　　誠如先前提到的，答案真的非常簡單、毫無陷阱，相信如果是選擇題，考生答題應該輕而易舉，相信一題都不會錯。但是如果是筆試，考生雖然知道答案，但是答案的拼寫，卻沒有十足的把握，例如，第12題的「十月」、第13題的「星期一」，以及第12題的「契科夫」第二格，看似簡單的單詞，然而如果考生平時沒有確實背起來，拼寫還是有其難度的。真心建議考生，背單詞與掌握其拼寫是最基本的工夫，請務必掌握。

第五部分

第19題到第25題：聽完導遊要給遊客在莫斯科的訊息之後將答案寫
在答案卷。

第五部分的題型與第四部分的題型相同，作答方式也為筆試，
而非選擇題。考生在答案的拼寫方面盡量不犯錯，以求得高分。

ЧАСТЬ 5

Добро пожаловать в столицу России – Москву!

Добрый день! Я надеюсь, что у вас было интересное
путешествие и сейчас вы все хорошо себя чувствуете. Меня зовут
Антон. Я ваш гид, и сейчас я хочу дать вам полезную и нужную
информацию.

Сначала о работе банка. Он открывается в 9 часов утра и
закрывается в 6 часов вечера. Итак, банк работает с 9 до 6 часов
каждый день, кроме воскресенья. В воскресенье банк не работает,
но в этот день вы можете поменять деньги в гостинице, там есть
пункт обмена. Он работает 24 часа каждый день.

А теперь информация о транспорте. Вы можете поехать из
гостиницы в центр города на автобусе номер 31. Автобусы ходят
довольно часто, через 10-15 минут, и вы не будете очень долго
стоять и ждать на остановке. Остановка автобуса находится справа
от гостиницы. Вы увидите её, когда выйдете из гостиницы. Билет в
автобусе стоит 10 рублей.

И, наконец, последняя информация. Сегодня вечером будет
праздничный ужин, и мы все встретимся в ресторане гостиницы в

7 часов. Это всё, что я хотел вам сказать. Спасибо за внимание. До встречи.

Слушайте информацию ещё раз.

答案卷

	Гида зовут…	*Антон*
19	Туристы приехали…	*в…*
20	Банк открывается…	
21	Банк не работает…	
22	Автобус в центр…	*№*
23	Остановка находится…	
24	Билет в автобусе стоит…	
25	Праздничный ужин будет…	

　　歡迎來到俄羅斯的首都莫斯科。

　　大家好！我希望你們先前的旅行很愉快，所以現在大家的身體覺得很舒暢。我叫安東，我是你們的導遊。現在我想給你們一些有用且必要的訊息。

　　首先關於銀行的營業時間。銀行早上九點鐘開門，傍晚六點鐘關門。所以銀行除了星期天之外，每天從九點鐘營業到六點鐘。星期天銀行不營業，但是在這天你們可以在旅館換錢，那裡有兌換處。兌換處每天24小時營業。

　　現在則是有關交通的訊息。你們可以搭乘31號公車從旅館到市中心。公車行駛很頻繁，10到15分鐘一班車，所以你們將不會在站牌久站等公車。公車站在旅館的右邊。你們從旅館出去就會看到它。公車票一張10盧布。

　　接著是最後的訊息。今天晚上將有一個晚宴，所以我們大家七點在旅館的餐廳碰面。以上就是我想跟大家說明的。謝謝聆聽。待會見。

再聽一次訊息。

答案卷

	導遊名字叫…	安東
19	觀光客來到……	*в Москву*
20	銀行營業……	*в 9 часов*
21	銀行不營業……	*в воскресенье*
22	到市中心的公車……	*№ 31*
23	站牌在……	*справа от гостиницы*
24	公車票價……	*10 рублей*
25	晚宴將會……	*в ресторане в 7 часов*

　　本大題雖然題目較多，但是訊息內容沒有特別刁難、艱深之處，所以做答不會有問題。然而還是存在一樣的困擾，那就是拼寫問題。答案看似都是基本單詞，但是如果考生沒有背好，仍有出錯的可能，例如справа寫成「справо」，還有單詞「星期天」、「旅館」、「盧布」的拼寫問題。以下列出一些重要單詞、詞組提供參考：

　　Добро пожаловать…：「歡迎光臨、來到……」。本詞組後通常接前置詞＋名詞第四格。如文章中例子，前置詞в＋首都第四格，後接「破折號」，代表符號之後的名詞與前詞為「同謂語」，所以「莫斯科」也是第四格Москву。

　　полезный、нужный：「有用的、有益的；必要的、需要的」。文章中主詞為я，動詞是хочу дать，動詞дать後接人用第三格、接物第四格，所以「人」是вам、「物」是「訊息」第四格информацию。形容詞與名詞性、數、格一致，所以是полезную и нужную。

　　поменять деньги：「換錢」。動詞поменять是完成體動詞，未完成體動詞為менять，是及物動詞，後接直接受詞第四格деньги。名詞деньги只有複數形式，請注意。本句前面部分詞組「在這一

天」в этот день請特別注意，前置詞в後接第四格，而非第六格。而本段最後的каждый день「每一天」也請考生記住，限定代名詞каждый之前不得加前置詞。另外，詞組本身為第四格、非第一格。

поехать... на автобусе：「搭乘公車」。表示搭乘某種交通工具去某處，除了句中要有移動動詞之外，交通工具之前的前置詞只能用на，而交通工具要用第六格，別無選擇。另外，名詞автобус需要依據上、下文或句意翻譯，不宜一味地翻成「公車」，例如 Сегодня мы ездили в Гаосюн на экскурсию на автобусе. 我們搭乘**遊覽車**去高雄旅遊。

справа от гостиницы：「旅館的右邊」。為表示某物未於某物的哪一邊，我們用副詞справа「右邊、從右邊」＋前置詞от＋名詞第二格。「左邊、從左邊」是слева。另外，「往右邊、去右邊」是направо、「往左邊、去左邊」是налево。

📝 項目三：閱讀

閱讀測驗有5個部分，共30題選擇題，作答時間為50分鐘。作答時可以使用紙本詞典，有些考場也可以使用電子詞典，但是禁止攜帶智慧型手機。拿到試題卷及答案卷後，請將姓名填寫在答案卷上。

請選擇正確的答案，並將答案圈選於答案卷上。如果您認為答案是Б，那就在答案卷中相對題號的Б畫一個圓圈即可；如果您想更改答案，只需將答案畫一個圓圈就好，原來您認為是錯的選項只需再打一個X即可。

【題型介紹】

　　初級閱讀測驗共有五個部分，每個部分的題型不同。考生必須具備基本的單詞與語法能力，才能看懂題目，進而做答。初級的閱讀測驗題目內容較生活化，並非像傳統的文學改編、傳記、城市導覽等硬梆梆的文章，同時文章的篇幅小，考生較容易掌握。以下我們就針對不同的題型作簡單介紹。

　　第一部分有4題，每一題是一個簡短的敘述，考生要在三個答案的選項中，找出合乎這個簡短敘述的「下文」或是「延伸」。

　　第二部分也是4題，每一題是一篇小短文或是廣告，而不是真正的文章。題目通常是要我們找出短文或廣告的主題或是某一個重要訊息的前因後果。

　　第三部分與第二部分類似，但是第三部分的題目篇幅較大，短文係出自文章的片段，是「完整的」小文章。考生必須理解短文的重點，進而答題。本部分的題目是4題。

第四部分的題目約為5-8題。文章篇幅不大，是傳統閱讀測驗的類型，大約3-5段內容，而內容不限，人與物的介紹皆包含在內。

　　第五部分與第四部分類似，但是篇幅較大，內容類似一篇文藝小說的片段。考生必須理解內文的重點，進而答題。

【解題技巧】

　　對於初學俄語的考生來說，初次面對閱讀測驗，心理難免緊張，並且要在50分鐘內看完所有的敘述、短文及文章，同時還要回答30題的選擇題，其實並不是一件簡單的事情。看似艱困的任務，但是若只求通過測驗，那就不是難以克服的問題，因為在30個題目之中只要答對20題（66%）就算及格，算一算有10題的答錯空間，還算寬裕。對於已經具備初級程度的考生，要在規定的時間之內讀完所有的文章並順利答題，我們認為，考生只要心平氣和，以平常心應付測驗，相信一定可以取得高分。以下我們針對不同的題目類型講解不同的解題技巧，幫助考生高分通過閱讀測驗。

　　第一部分。每一題是一個簡短的敘述，考生要在三個答案的選項中，找出合乎這個簡短敘述的「下文」或是「延伸」。這種類型的題目不難應付，因為考的是「邏輯」，而在「初級」的測驗中，與其說是考「邏輯」，其實是對我們「詞彙」能力的又一次檢驗。我們建議考生每一題都需要按部就班、花一點時間仔細了解敘述內容，接著找出三個選項之一的「下文」或是「延伸」。幸好這些題目的內容很簡短，不會讓考生花太多時間在解題上，而導致壓縮到其他部分作答的時間。依據我們的經驗，**每一題的答題時間應該不超過一分鐘**。我們要知道，每個句子一定有重點，如果沒有重點，根本不需要說這個句子，溝通的目的也無法達成，所以，每個句子一定有重點或是「關鍵詞」，我們只要聽懂、讀懂了這個關鍵詞，就能清楚了解句子所要闡述的「中心思想」，所以，只要能掌握關鍵詞，就能順利解答。**我們建議考生要先仔細地讀完題目，然後看**

答案的選項，而不要先看答案的選項之後再看題目，因為每個題目內容很簡短，詳細地閱讀並不會佔據太多時間。

　　第二部分。每一題是一篇簡短的廣告。題目通常是要我們找出廣告的主題或是某個重要訊息的前因後果。依據題型，我們建議**直接看短文廣告的內容，找出關鍵詞**後，然後迅速地在答案的選項中找到相關的敘述，選擇答案。這個部分的**解題時間宜控制在四分鐘之內**。

　　第三部分。每一題是一篇短文，而題目是要我們找出短文的主題。這類的題型解題方式就是**老實地將全文從頭看到尾，確實掌握文章的「中心思想」之後解題**。文章的篇幅不大，建議**每一個題目的解題時間應控制在二分鐘之內**。

　　第四部分。本部分是一篇短文，而題目則是要我們找出短文的主題以及瞭解文章中相關的情節。這類的題型的解題方式**最好先看題目，而非先讀短文**：藉由閱讀題目的過程，我們對於文章的主題已經有了大概的印象。所以如果題目之中有問文章主題的，我們幾乎不用閱讀文章，就可以答題。另外，**我們根據題目所問的單一細節，快速地回到短文中找答案**。建議本部分的答題時間要控制在十五分鐘之內。

　　第五部分。與第四部分類似，也是一篇短文，解題方式也類似。**建議考生先閱讀所有的題目之後再回頭看文章**。另外，我們再來介紹一些其他的閱讀技巧。我們都知道，一篇文章重點是平均地、有邏輯地分部在各個段落。例如，文章中的一個段落中，依據其段落的大小而有重點數量的不同，小段落的重點可能只有一個，甚至一個也沒有，而大的段落則有兩個到數個重點，這是很自然的，當然也合乎邏輯。那麼我們如何知道重點在哪裡呢？重點要如何判斷呢？基本上我們必須記住以下的「關鍵詞」，如果段落中出現了以下的字詞或詞組，那麼就必須特別留意，這個重點當然也適用於第三部分及第四部分的解題技巧：

（一）數字；

（二）專有名詞；

（三）詞意強烈的詞；

（四）表示「對比」、「語氣轉折」的連接詞。

　　然而，在段落中如果沒有上述這些字詞的話，重點還是可能以其他形式出現在句中，只是我們要特別強調的是，如果在段落中，有上述的字詞出現時則要特別注意。以下就上述的四點分別敘述。

（一）數字。數字包括的範圍很廣，舉凡年代*в 1917 году*（在1917年）、數量*30 минут*（30分鐘）、百分比*15%*、年齡*20 лет*（20年、歲）等，都在數字的定義中。我們在段落中如果看到了數字，就一定要特別留意，一篇文章可能出現好幾次的數字，雖然並不是每一個數字都代表是一個考題，但是我們作答時卻要將這些數字先保留在腦海裡，千萬不得忽略。另外，數字有可能是以文字呈現，也要留意，例如，*тысяча*（1千）、*полтора*（1.5）、*миллион*（百萬）等。另外，我們國人較不熟悉的羅馬數字也要特別注意，例如V、XX、IX、III、XXI等等。我們在此簡單說明。羅馬數字I就是「第一」、II就是「第二」、III是「第三」。請注意，「右邊」最多的發展只到III，沒有「IIII」的寫法。「第四」是「第五」的V向左邊減一，所以是IV。請記住，左邊最多「減一」，不會有「減二」或以上的情形，其他的數字必須向「右邊」發展。所以，「第六」為VI，也就是「第五」加上「第一」，用V加上右邊的「第一」、「第七」是VII、「第八」是VIII。「第九」則是「第十」X向左邊減一，是IX。「第十一」是XI、「第十二」為XII。建議考生掌握相關用法。所以XX是「第二十」、XXIX是第「二十九」、XXII是「第二十二」等等。

（二）專有名詞。人名、地名皆屬專有名詞，例如 *Иван*（伊凡）、*Москва*（莫斯科）、*Нева*（涅瓦河）、*А.С. Пушкин*（普希金）、*Новый год*（新年）、*Кремль*（克里姆林宮）、*Александр III*（亞歷山大三世）、*Эрмитаж*（冬宮博物館）、*Азия*（亞洲）等。另外，「縮寫」也是專有名詞，例如МГУ（莫斯科大學）。

（三）詞意強烈的詞。這種詞類範圍也是很廣，如表示「非常」的副詞*очень*、*самый*＋形容詞原形或利用*-айший*、*-ейший* 表示形容詞最高級、*один из лучших*＋名詞第二格表示「最好之一」、*конечно*（當然）、*только*（只有、只是）等。其它帶有質量、評價的詞，亦為本詞類的範圍，如*хорошо*（好）、*плохо*（壞）、*отлично*（非常好）等等。

（四）表示「對比」、「語氣轉折」的連接詞，例如，*но*（但是）、*однако*（然而）。通常重點都在這些詞類出現之後的訊息：*У него не было свободного времени, но он всё-таки пришёл на собрание.*（他沒有空，但他終究還是出席了會議）。

再來，我們談談第四與第五部分的文章要如何**不需要閱讀全文就能作答**。我們整理了以下的基本策略，請考生好好地運用在考試中：

（一）不要先讀文章本身，而是先讀完每一題的考題及答案選項。迅速看過每一題考題與答案選項之後，我們就已經有了大概的印象，並且知道文章內容的大意，對於文章的重點已經幾乎全盤掌握。

（二）接下來就是依據題目回到文章來找答案。我們根據題目的主詞或受詞、專有名詞或數詞、年代、詞意強烈的詞等等的「暗示」，回到文章中按圖索驥，相信一定都能順利找到答案，如此一來，就算不用讀文章本身，也能做答。我們要記

得，閱讀考試的時間只有50分鐘，要讀完所有文章真的不是那麼容易的，**千萬不要先讀文章**。

（三）切忌在文章中看到相同的詞或詞組就急著下決定。難免在文章當中，相同的詞出現不只一次，我們一定要看清楚該詞或詞組出現的位置是否與我們要的答案相關、資訊是否吻合，千萬不能看到相同的詞就「見獵心喜」，以免誤判。

【特別叮嚀】

　　雖然本項考試考生是可以攜帶辭典入場的，但是我們衷心提醒考生，千萬不要帶辭典入考場，因為如果你帶了辭典，到時候你一定會很想查一些你不認識的單詞。但是，考試只有50分鐘，答題時間已經非常緊迫，絕對沒有時間查辭典的！所以，**誠心建議考生千萬不要在考試過程中查辭典**。切記！

　　以下我們就嘗試以上述的解題方式來分別敘述解題技巧。

第一部分

請接續話語。

ЧАСТЬ I

1. Сегодня на улице дождь. ...

   (А) Возьми сумку!

   (Б) Не забудь зонт!

   (В) Дай, пожалуйста, мои очки!

　　看完題目之後，我們應該清楚明白，名詞дождь「雨」是本題的關鍵詞。另外，詞組на улице為前置詞＋名詞第六格表示「靜止」的地點，是「在街道上、在外面」的意思。所以前句為「**今天下雨**」。在這裡，詞組на улице不言而喻，可以省略不譯。知道句意之後，我們來分析答案的選項，看哪一個選項是有「邏輯性」的「下文」或是「延伸」。

　　選項 (А) 的動詞возьми是原形動詞взять的命令式。動詞後接受詞第四格，為及物動詞，是「拿、取」之意。動詞為完成體動詞，未完成體動詞為брать。受詞сумку的第一格為сумка，是陰性名詞，詞意為「**包包**」。所以句子意思為：「拿包包」，與題目上文並無任何關聯。

　　選項 (Б) 的名詞是зонт「傘」，也是第四格，當作動詞命令式забудь的直接受詞。動詞原形為забыть，是完成體動詞，其未完成體動詞為забывать，是「忘記」的意思，例如Сегодня Антон опять забыл словарь. 今天安東又忘了帶辭典。選項的意思為：「不要忘了帶傘」，非常合乎題目的「延伸」，故本題答案選擇 (Б)。

選項 (B) 的動詞是дай，是完成體動詞дать的命令式，後接物為第四格мои очки「**我的眼鏡**」，若接人則用第三格，例如Антон дал мне свой словарь. 安東把自己的辭典借給了我。人稱代名詞мне是第三格，名詞словарь是直接受詞第四格。整句意思為：「請把我的眼鏡給我」，與題目內容並無任何關聯。

2. Этот музей очень далеко. …
    (А) Пойдём пешком!
    (Б) Поедем вместе!
    (В) Поедем на машине.

本句有一個「詞意強烈」的副詞очень，意思是「非常」，馬上吸引我們的目光。副詞之後有另一個副詞далеко「遠」，所以我們知道句意是：「**這個博物館非常遠**」。

選項 (А) 的關鍵詞為副詞пешком「步行」。另外動詞пойдём也是不搭乘交通工具的「去」，意思是：「**我們走路去吧**」，與上句不僅毫無上下文無關係，更像是反話。

選項 (Б) 有使用交通工具的移動動詞поедем。副詞вместе是「一起」的意思，所以選項的句意為：「**我們一起去吧**」。「一起去」與「路途遙遠」並無直接關聯，或許不是答案。

選項 (В) 也有同樣的動詞поедем。動詞後接前置詞на＋交通工具第六格машине，意思是「搭乘交通工具去某地」，這裡是「**開車去**」的意思。類似的交通工具有на метро「搭地鐵」、на автобусе「搭公車」、на трамвае「搭輕軌電車」等等。本選項可視為題目的「解決方式」，所以答案要選 (В)。

3. К сожалению, я плохо говорю по-русски. …

    (А) Я недавно приехал в Россию.

    (Б) Я живу в России уже год.

    (В) Я учусь в университете.

    本題的關鍵詞為副詞плохо「不好」。遇到這類「詞意強烈」的單詞，我們只要掌握這類單詞所修飾的動詞或名詞詞意，就能明白句意，進而選擇合乎邏輯的下文。本題副詞плохо所修飾的動詞為говорю，原形動詞是говорить「說」，所以句子的意思是：**「很可惜，我俄文說得不好」**。請注意，動詞говорить後應用副詞по-русски，而非接形容詞＋名詞русский язык。另外，詞組к сожалению「可惜」也可當為「詞意強烈」的詞，值得考生好好背起來，可以利用在口語或書寫之中。

    選項 (А) 有關鍵詞недавно，是副詞，為「不久之前」之意。主題是я，動詞為приехал，原形動詞是приехать，是「抵達、來到」的意思。而關鍵詞就是修飾動詞，所以句子意思是：**「我不久之前來到俄羅斯」**，似乎就是上文的原因，應是答案。

    選項 (Б) 同樣有「詞意強烈」的詞уже。該詞為副詞，意思是「已經」。請注意，句中的單詞год為第四格，而非第一格。形容花了多少時間來做某件事情，「花的時間」要用第四格，而非第一格。再舉一列，Антон учит китайский язык уже два года. 安東學中文已經學了兩年了。句中數詞два為第四格，而года配合數詞два，是單數第二格。所以選項 (Б) 的句意為：**「我住在俄羅斯已經一年了」**。考生的疑問：「我住在俄羅斯一年了，我的俄文很糟」，因為雖然一年了，但是程度還是有限，邏輯性強，為何不是答案？如果我們將上文稍作修改加個副詞ещё，本選項亦可作為下文。

    選項 (В) 的主詞為я，動詞為учусь「學習」，後接表地點之前置詞＋名詞第六格，是一個純粹的敘述，意思為：**「我在大學唸**

書」，與上文並無連結關係。所以，總結三個選項，終究還是只有選項 (A) 有上、下文的關係，故選 (A)。

4. Вчера я посмотрел в театре новый балет. …

    (А) Я тоже смотрел футбол.

    (Б) Он называется «Весна».

    (В) Это хорошие артисты.

    本題上文是個單純的敘述：主詞是я，動詞是посмотрел，直接受詞為第四格новый балет；另外有時間副詞вчера「昨天」與表示地點的前置詞＋名詞第六格в театре。句中似乎並無特別的關鍵詞，只是一個簡單敘述：「**我昨天在劇院看了一齣新的芭蕾**」。

    選項 (A) 有一個關鍵副詞тоже「也、也是」。句子的主詞也是я，動詞是смотрел，直接受詞為футбол。根據關鍵副詞的詞意，上下文的動詞都是смотреть，但是使用的體並不一致，所以上文強調的是「結果」，而下文強調的是「過程」，不合邏輯。下文是：「**我也看了足球**」。中文看起來是通順的，但是在俄文中，上文所表示地點的詞組並不適合下文的動作，另外動詞強調的結果或過程也不一致，所以不是答案。

    選項 (Б) 主詞是он，是陽性單數的人稱代名詞。動詞為называется，原形動詞是называться，是「被稱為」的意思。後接被稱為的單詞весна，全句為：「**它叫做〈春天〉**」。「它」即是「新的芭蕾」，全文與上文關係密切，所以是答案。

    選項 (B) 純粹是敘述：名詞артисты是複數，為「演員」的意思，所以是：「**這些是好演員**」。雖然芭蕾也有「演員」，但是兩句毫無連結。

第二部分

請讀過廣告後答題。

ЧАСТЬ II

5. Внимание! Завтра в арт-галерее ежегодная выставка «Земля и
   люди».

Эта выставка бывает ...
(А) каждый год
(Б) каждый день
(В) один раз в месяц

　　誠如先前所提過的，這大題的做法可以有兩種：一是先讀文
章，二是先讀題目。先讀文章或是先讀題目都不會佔據我們太多的
解題時間，建議考生可以兩種不同的解題方式都嘗試看看，體會一
下有甚麼不同。

　　題目問到這個展覽甚麼時候舉辦。題目的動詞是бывает，其原
形動詞為бывать，是「有、有時有」的意思。選項 (А) 是каждый
год，是「每一年」的意思。選項 (Б) 是каждый день，是「每一
天」。選項 (В) один раз в месяц，是「每個月一次」的意思。注
意，數詞один在這裡可以省略，因為是一次，如果兩次的話，則
是два раза，三次與四次也是раза，而五次或五次以上則用раз。回
到廣告中我們看到一個關鍵的形容詞，它是ежегодная，後接名詞
выставка，是「每年的展覽」的意思，所以答案要選 (А)。這個詞
如果考生先前不知道，相信也可以猜得到意思，因為單詞的中間就

是год，而我們要知道，前綴еже-就是「每」的意思，所以「每天的」是ежедневный、「每月的」是ежемесячный、「每年的」就是ежегодный。

【翻譯】

請注意。明天在藝術畫廊有年展「土地與人」。

這個展覽 _____ 舉行。

(А) 每年

(Б) 每天

(В) 一個月一次

6. Город Сочи, гостиница «Жемчужная», 1-14 июня кинофестиваль «Кинотавр». Море, солнце и хорошее кино!

Вам предлагают поехать в город Сочи ...

(А) отдыхать и смотреть фильмы

(Б) загорать и купаться в море

(В) работать в гостинице

　　我們這一題採取另一種解題方式，那就是先讀文章。詞組 город Сочи就是「索契城」，接著是гостиница «Жемчужная»，應該沒有考生不知道的單詞，就算不知道飯店的名稱也不妨礙做題。接下來是時間1-14 июня，也就是「六月1日至14日」。時間過後是кинофестиваль，這個名詞是複合詞，電影кино＋節日фестиваль就是「電影節」的意思。所以我們要知道，本題的重點就是這個 «Кинотавр» 的電影節。重點之後題目再次重複廣告的重點，也是三個同謂語：海、太陽及好電影。

選項 (A) 是「休憩」отдыхать 與「看電影」смотреть фильмы。選項 (Б) 是「曬太陽」загорать 與「戲水」купаться в море。選項 (В) 是「在飯店工作」работать в гостинице。三個選項互相比較之下，選項 (A) 兼顧海、太陽與看電影，因為海與太陽即是「休憩」。選項 (Б) 的曬太陽及戲水只符合題目的一項活動，不足的是看電影的活動。而選項 (В) 的「工作」在題目中並無提及，所以肯定不是答案。本題應選 (A)。

【翻譯】

索契，「珍珠」飯店，六月1日至14日是 «Кинотавр» 電影節。海洋、太陽及好電影。

提議您去索契 _____。
(A) 休憩及看電影
(Б) 曬太陽及在海邊戲水
(В) 在飯店工作

7. Нам 12 лет. Московская бизнес-школа «Экономист». 1-11 классы.
   Адрес: Москва, Молодёжная улица, дом 75, тел. 974-31-93.

Школа приглашает ...
(A) на день рождения
(Б) учиться
(В) работать

我們輪流用不同的解題方式來解析本題。先看題目以及答案的選項。題目問到「學校邀請」。動詞приглашать／пригласить是「邀請」的意思，後面接人受詞第四格。請注意，動詞後接人之外，通常會接前置詞＋名詞第四格，表示「邀請人去某處」，或是接原形動詞。例如Антон пригласил Анну на ужин. 安東邀請安娜去吃晚餐。選項 (A) на день рождения「去參加生日會」：如果廣告中有邀請去參加生日會的相關詞彙，那就是答案。選項 (Б) учиться「學習、念書」：廣告內容中如果大多強調學習相關資訊，那就是答案。選項 (В) работать「工作」：如果廣告中有徵才的字眼，那就是答案。

　　回到廣告。第一句是表示「年紀、歲數」的無人稱句，其「主體」並非「主詞」，需用第三格，例如Антону 20 лет. 安東20歲。在這裡Нам 12 лет. 也就是說：「我們12歲了」。接著就是有關「學校」的訊息：校名、有1到11年級、地址、連絡電話。所以我們並沒有看到「生日會」或是「工作」的訊息，而只是一般學校的宣傳，所以我們依照內容應該選擇 (Б) учиться做為答案。

【翻譯】

　　我們12歲了。莫斯科商業學校「經濟家」。1到11年級。地址：莫斯科，年輕人街，75號，電話：974-31-93。

學校邀請 _____。
(A) 去生日會
(Б) 來念書
(В) 來工作

8. Туристическое агентство приглашает молодёжь (18-25 лет). Работа летом: гиды, менеджеры, переводчики. Знание иностранного языка обязательно.

Вас приглашают ...
(А) изучать иностранный язык
(Б) поехать в туристическое путешествие
(В) работать в турагентстве

　　輪到先看廣告本身內容。第一句的主詞是туристическое агентство「旅行社」。形容詞туристический是「旅行的」，相關詞類有名詞турист「觀光客」、名詞туризм「觀光」。名詞агентство「行、處、經銷處」是外來語，試比較英文agency。動詞是приглашает，受詞是名詞第四格молодёжь「年輕人」。名詞молодёжь是個陰性的集合名詞，上一題有其形容詞形式молодёжный。接著是關鍵詞работа「工作」，接著介紹工作內容：гид「導遊」、менеджер「經理」、переводчик「翻譯」。最後是工作條件：名詞знание是動詞знать的派生詞，是個抽象名詞。後接形容詞＋名詞第二格詞組做為修飾前名詞的從屬關係，所以знание иностранного языка「外語知識」。最後形容詞обязательно以短尾形式中性修飾主詞знание。所以我們了解，廣告的主要目的是要邀請18到25歲的年輕人去旅行社工作。選項 (А) изучать иностранный язык：動詞изучать「學習」後接受詞第四格иностранный язык，是直接受詞。選項 (Б) поехать в туристическое путешествие：動詞поехать「去」，後接前置詞в＋名詞第四格туристическое путешествие「旅行」。選項 (В) работать в турагентстве：動詞работать「工作」，後接前置詞в＋名詞第六格турагентстве，表示工作地點。名詞турагентстве的第一

格是турагентство，它是туристическое агентство的組合詞。比較選
項之後，我們輕易地可以解題，答案是 (B)。

【翻譯】

　　旅行社邀請年輕朋友（18-25歲）。夏天的工作：導遊、經
理、翻譯。必須具備外語知識。

您被邀請 _____。
(A) 學外語
(Б) 去旅行
(B) 在旅行社工作

第三部分

讀完文章片段後答題。

ЧАСТЬ III

9. Кто самый современный композитор? Музыканты говорят, что это Людвиг ван Бетховен. 1 мая в Концертном зале имени П.И. Чайковского в Москве состоится концерт. Немецкий оркестр Kamerata Europeana и русский оркестр Musica Viva сыграют вместе. Это будет музыка Бетховена.

Это статья ...
(А) о празднике
(Б) о концерте
(В) о композиторе П.И. Чайковского

誠如前段曾經提到過，如果是只有一個題目的閱讀題，我們只能乖乖地、按部就班，必須把文章本身全部讀過一遍，因為我們無法根據不存在的題目來判斷文章的重點，所以必須讀文章本身，而且要讀完。另外，請也**別忘了，在閱讀文章之前，要先把題目看過一遍**。

題目考文章的重點。選項 (А) о празднике：名詞праздник是「節日」的意思。選項 (Б) о концерте：名詞концерт是「音樂會」。選項 (В) о композиторе П.И. Чайковском：名詞композитор是「作曲家」，Чайковский則是俄國著名的作曲家「柴可夫斯基」，而Чайковском也是第六格。看完題目及答案選項之後，我們對於要找的答案已經非常清楚，接著就回到文章找答案吧，看看文章在哪個選項敘述的比重較多，那就是答案了。

在文章中的第一行我們就看到了與選項（B）相同的單詞композитор。接著下一句就是回應第一句問句的答案，所以我們了解前兩句大意是：「貝多芬是最現代的作曲家」。要注意，主角作曲家是「貝多芬」，而非選項的「柴可夫斯基」。

接著在第三句的中段部分我們再次看到了「柴可夫斯基」，但是仔細一看，在「柴可夫斯基」之前有個單詞имени「以……為命名」，而前面有前置詞的в＋名詞第六格表示「地點」的詞組，所以我們就了解這中段的意思是「在以柴可夫斯基命名的音樂廳」，重點是地點，而非人。本句的重點、也是句子的主詞是концерт「音樂會」，位於句尾。動詞是состоится，原形動詞是состояться，是「舉行」的意思。接著的句子主詞是немецкий оркестр и русский оркестр「德國與俄國的交響樂團」，至於外語Kamerata Europeana 與Musica Viva是上述交響樂團的團名，並不重要。主詞後接完成體動詞сыграть的第三人稱複數變位сыграют，其未完成體為играть，在此意思是「演奏」。所以，第三句的重點也是「音樂會」。最後一句，主角是музыка Бетховена「貝多芬的音樂」，重點還是音樂。所以我們很有信心的選擇選項（Б）о концерте。

【翻譯】

誰是最能代表現代的作曲家？音樂家認為是路德維希‧范‧貝多芬。五月一日在莫斯科的柴可夫斯基音樂廳將舉行一場音樂會。德國的交響樂團Kamerata Europeana與俄國的響樂團Musica Viva將共同演出。演出是貝多芬的音樂。

這是一篇 ＿＿＿＿ 的文章。
(A) 關於節日
(Б) 關於音樂會
(B) 關於作曲家柴可夫斯基

10. Сноуборд появился в России недавно, но сейчас это очень модный вид спорта в нашей стране. Сноуборд – английское слово, по-русски значит снежная доска. Каждый год много молодых и не очень молодых людей начинают заниматься сноубордом.

Это статья ...
(А) о спорте
(Б) об английском языке
(В) о спортсмене

如同上題的解題技巧，我們先看答案的選項。選項 (А) о спорте：名詞спорт是「運動」的意思，為外來語。選項 (Б) об английском языке：形容詞＋名詞английский язык是「英文」。選項 (В) о спортсмене：名詞спортсмен是「運動員」，也是外來語。三個選項之中有二個與「運動」有關，所以我們應該可以大膽推測答案應該不是 (А) о спорте就是 (В) о спортсмене。但是由於題目只有一個，相關線索還嫌不足，還是必須按部就班，將文章看過一遍，才能確認答案。

文章的第一句主詞是сноуборд，這是一個我們沒有學過的單詞，先放在一邊。接著是動詞появился。該動詞是完成體動詞，原形形式為появиться，其未完成體動詞為появляться，意思是「出現、產生」，通常後接表示「時間」或「地點」的單詞或詞組。果然看見動詞後接前置詞в＋名詞第六格，以及時間副詞недавно「不久之前」。逗點之後看到第一個「語氣強烈」的詞но「但是」。依照我們的閱讀技巧與準則，這詞後面所緊接的訊息是重要的、不可忽略的，一定要小心處理。連接詞но之前的時間是недавно「不久之前」，之後是сейчас「現在」，正是這連接詞的作用所在，表示前後的對比。「現在」之後有形容詞модный「流行的、摩登

的」，之後為名詞與名詞第二格的從屬關係詞組вид спорта。詞組вид спорта值得特別背起來，名詞вид為「外表、風光、風景」之意，而後加名詞спорт第二格則為「運動項目」的意思。所以我們可以確定第一句講的是有關「運動的項目」，而剛剛不認識的詞就是這項目。

第二句開頭又是這個詞，句子說明本單詞是個английское слово「英文單詞」，所以對俄文來說是個外來語。接著說明по-русски значит「在俄語的意思」是снежная доска。形容詞снежный是名詞снег「雪」的派生詞，而名詞доска則是「板子、牌子」的意思，所以詞組снежная доска就是「雪板」，英文是snowboard。最後的句子主詞是много молодых и не очень молодых людей「許多的年輕人與上了年紀的人」，動詞是начинают заниматься，動詞заниматься 後接名詞第五格сноубордом，考生應該早已掌握此語法規則。所以，文章看完之後，我們清楚地了解，全文都是圍繞著сноуборд闡述，雖然剛開使我們不知道該詞的詞意，但是我們知道它是一種「運動」，所以答案應選擇 (A) о спорте。

【翻譯】

雪板不久前才出現在俄羅斯，但是現在這是在我國非常流行的運動項目。雪板是個英文單詞，俄文的意思是*雪的板子*。每年很多的年輕人與上了年紀的人開始練習雪板。

這是一篇 _____ 的文章。
(А) 關於運動
(Б) 關於英文
(В) 關於運動員

11. Вы хотите выучить иностранный язык, например, испанский? Тогда Вам нужно поехать на год в Испанию или в страну, где люди говорят по-испански, и жить там в семье. Через год Вы будете отлично знать испанский язык и прекрасно говорить. Международная языковая школа поможет Вам выбрать страну и найти семью.

Это статья ...

(А) о семье

(Б) об учёбе

(В) об Испании

　　選項的單詞我們都懂。選項 (А) о семье：名詞семья是「家庭」的意思，有時候依據上下文也可當「家人」解釋。選項 (Б) об учёбе：名詞учёба是「學業、學習」，相關的單詞很多，例如учиться、учить、выучить、ученик、учебник等等。選項 (В) об Испании：名詞Испания是「西班牙」，是國名。三個選項毫不相關。讓我們將文章快速地看過一遍，就能作答。

　　文章的第一句主詞是Вы，動詞是выучить「學會」，正與選項 (Б) об учёбе的「學習、學業」相關，值得注意。該動詞是完成體動詞，未完成體動詞為учить，後接名詞第四格，是及物動詞。形容詞＋名詞иностранный язык是「外語」的意思：形容詞иностранный是「外國的」的意思，前綴ино- 有「外國的、外國人的」的意思，詞幹стран表示「國家」，相信考生都知道страна「國家」一詞。句尾提到испанский「西班牙的」，根據上下文，該詞為動詞выучить的受詞第四格。另外，單詞например是插入語，是「例如、比方說」的意思。

第二句與第一句是條件句。上文說要學會西語，「那麼」тогда就必須去西班牙一年на год，或者去說西語的國家，並且住在寄宿家庭в семье。後句接著是成果：「經過一年後」через год的前置詞後接表時間的名詞第四格，西文程度就會отлично「非常好」。縱觀前三句談的都是語言，並不是家庭、也不是西班牙。最後一句。主詞是Международная языковая школа「國際語言學校」，動詞是поможет。動詞為完成體動詞，未完成體動詞是помогать，後接人第三格，之後可接前置詞в＋名詞第六格，或是原形動詞，此接原形動詞выбрать「選擇」與найти「找到」。動詞выбрать與найти是完成體動詞，未完成體動詞分別為выбирать與находить，都是及物動詞，後接受詞第四格страну及семью。最後一句雖然不是直接關於「語言」或「學業」，但是主詞本身就說明了答案，加上前三句的分析，我們應該選擇 (Б) 作為答案。

【翻譯】

您想學會外語嗎？西語如何？那麼您必須去西班牙或是說西語的國家一年，並且要住在寄宿家庭。過一年之後您的西語程度將會很好，而且會說得很流利。國際語言學校將幫助您選擇國家並找到寄宿家庭。

這是一篇 _____ 的文章。
(A) 關於家庭
(Б) 關於學習
(B) 關於西班牙

12. Вы забыли номер телефона фирмы, а Ваша телефонная книга очень старая. Что делать? В Интернете Вы всегда сможете узнать нужный Вам телефон. А если у Вас есть телефон фирмы, но у Вас нет её адреса, Вы тоже сможете получить информацию об этой фирме в Интернете.

Это статья ...

(А) об Интернете
(Б) о новом телефоне
(В) о фирме

　　我們先看看選項的單詞。選項 (А) об Интернете：名詞 Интернет 是「網際網路」的意思，是外來語。選項 (Б) о новом телефоне：形容詞＋名詞 новый телефон 是「新的電話」。選項 (В) о фирме：名詞 фирма 是「公司」的意思，也是外來語。

　　文章的第一句主詞是 Вы，動詞是 забыли，為完成體動詞，未完成體動詞是 забывать，是「忘記」的意思，為及物動詞，後加受詞第四格。此處受詞是 номер телефона фирмы。名詞 телефона 與 фирмы 都是第二格做為前一名詞的從屬關係，所以受詞意思是「公司的電話號碼」。後接「詞意強烈」的連接詞 а，意思是「而、可是」。之後為一般敘述，意思是「您的電話簿已經很舊了」，似乎沒甚麼特別要注意的。此處的形容詞 старая 宜翻譯為「過時的」，以配合中文使用方式。

　　第二句是句自問句 Что делать?「怎麼辦呢」，非常口語的表達方式，考生可以多多利用。接著是自問句的回答。主詞是 Вы，動詞是 сможете узнать「可以得知」，受詞是 нужный телефон「需要的電話（號碼）」。另外要注意，本句中有個「詞意強烈」的副詞 всегда，所以句子強調的是「在網際網路中總是可以找到需要的電話號碼」。

最後一句。前半部大意是「如果有電話，卻無地址」的問題，而句子後半部則提供了解決方案：主詞是Вы，動詞是сможете получить「可以獲得」，受詞是информацию「訊息」。恰巧在這部分也有個「詞意強烈」的副詞тоже，所以句子的重點是「也可以在網路中找到資訊」。比較三個句子強調的重點之後，我們不難發現，文章是在強調「網路」的好處，所以本題須選 (A)。

【翻譯】

您忘了公司的電話號碼，而您的電話簿已經過時了，怎麼辦呢？您總是可以在網路獲知您所需要的電話號碼。如果您知道公司的電話號碼，但是您沒有公司的地址，您也是可以在網路中獲得有關這個公司的資訊。

這是一篇 _____ 的文章。

(A) 關於網際網路

(Б) 關於新電話

(B) 關於公司

 第四部分

讀完文章後答題。

ЧАСТЬ IV

Футбол – самая популярная игра в мире. Футбол – это спорт миллионов. Люди считают Англию родиной современного футбола. Но многие другие страны тоже могут «предками» этой игры. В Египте, в Греции, в Японии, в Китае учёные-историки находили старинные мячи. В Китае игра в футбол называлась дзу-ню, в Древней Греции – эпискирос, в Японии – кемари.

Официально люди начали играть в футбол в Англии в середине XIX века. Там были 4 футбольные команды, которые играли на специальных площадках. В 1817 году в Англии состоялась первая футбольная игра, а в 1872 году – первая встреча английской и шотландской команд.

В 1904 году спортсмены решили организовать Международную футбольную ассоциацию – ФИФА. Француз Роберт Герен был первым её президентом.

Женщины тоже любят спорт. В начале XX века первые женские команды начали играть в футбол. А сейчас женский футбол входит в программу Олимпийских игр.

Задание 13. Выберите наиболее точное название текста.

13. (А) История футбола.
   (Б) Англия – родина футбола.
   (В) Футбол – женская игра.

Задание 14-20. Выберите информацию, которая соответствует тексту.

14. Обычно люди считают родиной футбола...
   (А) Грецию
   (Б) Францию
   (В) Англию

15. Официально люди начали играть в футбол...
   (А) в XIX веке
   (Б) в XX веке
   (В) в XV веке

16. Первый футбольный турнир Англии был...
   (А) в 1872 году
   (Б) в 1871 году
   (В) в 1870 году

17. Первые футболисты играли в футбол...

(А) на стадионе

(Б) на специальной площадке

(В) на большой площади

18. В 1872 году состоялась первая встреча...

(А) английской и французской команд

(Б) английской и германской команд

(В) английской и шотландской команд

19. Первый президент ФИФА Роберт Герен был...

(А) из Франции

(Б) из Англии

(В) из Японии

20. В программу Олимпийских игр входит...

(А) только мужской футбол

(Б) мужской и женский футбол

(В) женский футбол

　　我們記得，處理大篇文章式的題目，**要先看題目與答案選項，而不是先急著閱讀文章本身**。因為我們在閱讀題目與答案選項的過程中，可以找到文章的主題與答案的線索，將題目與答案選項快速地瀏覽一遍之後，回到文章找答案，應該是件輕而易舉的事情。在這篇文章中共有8個題目，當我們快速地看過題目與答案選項之後，我們可以清楚掌握這篇文章的主要議題。

第13題：請選一個較為符合文章的標題。

    (A) 足球的歷史

    (Б) 英國是足球的祖國

    (B) 足球是女性的比賽

第14-20題：請選一個合乎文章的訊息。

第14題：通常人們認為足球的始祖是 _____。

    (A) 希臘

    (Б) 法國

    (B) 英國

第15題：正式記錄人們開始踢足球是 _____。

    (A) 在19世紀

    (Б) 在20世紀

    (B) 在15世紀

第16題：英國第一個足球比賽是 _____。

    (A) 在1872年

    (Б) 在1871年

    (B) 在1870年

第17題：首批的足球員開始踢足球是 _____。

    (A) 在體育館

    (Б) 在特別的場地

    (B) 在大廣場

第18題：在1872年舉行了第一場 _____ 比賽。

    (A) 英國與法國隊的

    (Б) 英國與德國隊的

    (В) 英國與蘇格蘭隊的

第19題：國際足球總會的首任主席羅伯特・格林是 _____。

    (A) 法國人

    (Б) 英國人

    (В) 日本人

第20題：奧林匹克競賽項目有 _____。

    (A) 只有男子足球

    (Б) 男子與女子足球

    (В) 女子足球

    看完了8題的題目與答案選項之後，我們知道本篇的主要議題是足球運動。第13題要選的是文章名稱，也就是文章的中心、最重要的訊息。題目的三個選項分別是足球的歷史、足球的始祖與女子足球。所以我們要先看看其他7題的題目之後，看看這7題題目與選項所著重的訊息為何、與本題的三個選項的關聯性為何，進而統整、歸納本文章最核心的議題，統計談論最多的議題，就是答案。第14題問的是足球的**始祖國**，所以答案選項「始祖」得一分。第15題問的是人們開始踢足球的時間，所以問的是「歷史」。「歷史」與「始祖」各得一分。第16題問的是英國足球的**第一場**比賽時間，談論的也是「歷史」。選項現在的比數是2:1:0。第17題問的是**最早**足球員的比賽場所，當然也是「歷史」，3:1:0。第18題問**第一場**比賽所參與的國家，又是「歷史」，4:1:0。第19題問的是國際足球總會的**首任**主席，不是問「始祖」，也不是問「女子足球」，當然問的是「歷史」，5:1:0。第20題問的是奧林匹克運動項目，答案選項

有男子足球，也有女子足球。與答案選項沾上邊的「女子足球」，勉強得一分，所以三個選項的比數是5:1:1。「歷史」取得了壓倒性的勝利，所以答案應該是選項 (A)。我們暫時已經解答，但是為了保險起見，我們把其他題目也分析並解題之後，再做最後確認。

第14題問的是родина футбола「足球的始祖」。解題之前，值得我們先分析本題的題目。主詞是люди，動詞是считают。該動詞的原形形式為считать，意思是「數、認為」。如果當「數」，後接受詞第四格，例如Антон считает свои деньги. 安東正數著自己的錢。如果當「認為」，則後接受詞第四格之外，被「認為」的人或物則用第五格，例如Все считают Антона хорошим человеком. 所有的人都認為安東是個好人。句中родиной為родина「祖國」的第五格，而選項是直接受詞第四格，所以我們要在文章中找到符合答案選項描述的國家。回到文章。第一句是個直述句，句中有詞意強烈的詞самая「最」，然而這個詞在此並沒派上用場。形容詞популярная＋名詞игра意思是「受歡迎的運動」。名詞игра為動詞играть的派生詞，意思是「玩、演奏」，例如動詞＋前置詞в＋球類運動第四格（含棋類），可譯為「打、踢」等：играть в футбол（踢足球）、играть в пинг-понг（打乒乓球）、играть в шахматы（下棋）；動詞＋前置詞на＋樂器第六格，可譯為「彈奏、演奏」等：играть на гитаре（彈吉他）、играть на пианино（彈鋼琴）。名詞игра可為「遊戲、比賽」等等，端視上下文而定，在此譯為「運動」較合適。下一句的句型與第一句相同。名詞複數第二格миллионов的原字為миллион，意思是「一百萬」，所以詞組спорт миллионов不妨譯為「眾人的運動」。至此，尚未找到有關「足球始祖」的蛛絲馬跡，所以繼續往下看。我們發現下一句幾乎跟題目一樣的敘述，只是多了一個單數第二格的形容詞современного，原字是современный「現代的」。所以我們應該可以選 (B) 英國作為答案，但是為了保險起見，我們再往下看，以確保「英國」是答案無誤。接著是個「詞意強烈」詞но「可是」。我們已經強調過，

連接詞но後面的訊息應該是重要的，否則沒有必要出現，希望考生都已經體會到這觀念。句子說，многие другие страны「其他許多國家」再加上一個「詞意強烈」的單詞тоже「也是」，再來是могут быть「可以是」。動詞быть之後接名詞第五格предками，原字為предок，意思是「祖先」。值得一提的是，「祖先」一詞以雙引號 (« ») 帶出，而雙引號內的單詞本身是一種「特殊含義」、或是需要「特別強調」的詞，或者它只是一種「反話」的說法。我們繼續看下去才知道。接下來有Египет「埃及」、Греция「希臘」、Япония「日本」、Китай「中國」，所以我們知道這些國家就是前句所稱的предками，因為歷史學家 (учёные-историки) 在這些國家找到古老的球類 (находили старинные мячи)。答案的選項中除了英國之外，還有希臘及法國。法國在上述的國家中未被提及，而答案如果是希臘，那麼埃及、日本及中國也應該是答案，所以希臘不應為答案，本題應選我們剛剛保留的選項 (B) 英國。

第15題題目的關鍵詞是начали。該動詞的原形形式為начать，為完成體動詞，其未完成體動詞為начинать，意思是「開始」。要注意的是，該動詞後如果接原形動詞，則應接未完成體動詞，如本句начали играть в футбол「開始踢足球」。我們回到文章，要找句子有「開始」之意的詞。接著上題解析之處，我們發現第一段結束前都沒有提到играть в футбол的相關詞組，所以我們要從第二段開始看。第二段的第一句就是答案。句子的描述與題目相去不遠，只是多了地點與我們需要的時間。地點是в Англии「在英國」，再次證明了上題的答案，而時間則是我們先前強調的羅馬數字в середине XIX века。我們按圖索驥，依照文章的羅馬數字就可找到答案 (A) в XIX веке。另外，名詞середине是第六格，第一格是середина「中間」。所以，正確的時間是19世紀中葉。

第16題也是問年代，所以只要緊盯關鍵詞первый турнир「第一場比賽」與年代的配合，就可解答。接著看下一句。名詞команды是複數，單數第一格為команда，是「隊伍」的意思。這

些足球隊是關係代名詞которые，動詞是играли，後接表示「地方」的詞組на специальных площадках，意思是「在特殊的場地」。名詞площадка就是「場地」的意思，必須與площадь「廣場」做出區別。目前尚未有第一場比賽的敘述，必須繼續看。接著看到年代1871，主詞是первая футбольная игра，所以答案就是 (Б) в 1871 году。我們看看動詞состоялась。該動詞的原形是состояться，是完成體動詞，意思是「舉行、實現」。後半句也有年代1872年，而在這年也「舉行」了первая встреча「第一場比賽」。我們應注意，名詞встреча在運動相關的用法應作為「比賽」的意思。動詞以「破折號」代替，省略了與前面相同的動詞состоялась。名詞встреча之後接上名詞第二格，代表「從屬關係」，表示是誰的比賽。第二格為английской и шотландской команд，是英國與蘇格蘭的隊伍。

第17題的答案在解析第16題的時候就已得知是選項 (Б)。而第18題的答案也已經知道是選項 (B)。

第19題有兩個關鍵詞：「縮寫」ФИФА與「專有名詞」Роберт Герен。找到關鍵詞就可解題。主詞是名詞президент，為外來語，是「總統、董事長」等等的意思，翻譯必須依照上下文決定。動詞是BE動詞был。所以我們接著看文章，找到這些關鍵詞，就可解答。在倒數第二段的第二行我們看到了「縮寫」ФИФА。而ФИФА所在的句子主詞是спортсмены「運動員」，動詞是решили организовать「決定要組織」，動詞後接受詞第四格Международную футбольную ассоциацию「國際足球總會」，也就是ФИФА。句首的年代當然非常重要，但是並無相關的題目。看完了第一句，並未發現президент或是Роберт Герен，所以要繼續看。接著我們在下一句的開頭就看到了Роберт Герен，而他是француз「法國人」，所以本題應選 (A) из Франции。

第20題也有「專有名詞」的關鍵詞Олимпийских игр。該詞在此是複數第二格，作為修飾前面名詞программу並表示從屬關係之

用，意思是「奧林匹克比賽項目」。動詞是входит，原形動詞為входить，是不定向移動動詞，定向動詞是войти，意思是「進入、列入」。動詞後接前置詞в＋名詞第四格，例如本句Мужской и женский футбол входит в программу Олимпийских игр. 指的是「列入」之意。為什麼我們本題的答案選 (Б) 呢？那是因為本段的第二句提到在二十世紀初в начале XX века，首批的女子球隊才開始了足球比賽，而現在女子足球則是列入了奧林匹克比賽項目。其實，我們認為本題出得不好，因為不能因為女子足球列入奧運比賽項目，就表示男子的足球已經早就列入了，畢竟在文章的敘述中並無相關的論述。當然，這種「先入為主」的命題是少數，考生不必過度擔心。

【翻譯】

　　足球是世界上最受歡迎的競賽。足球是眾人的運動。人們認為英國是現代足球的始祖。但是很多國家也可以是這球類運動的「老祖宗」。歷史學家在埃及、希臘、日本、中國都找到了古老的球具。踢足球在中國稱為蹴鞠，在古希臘稱為Episkyros，在日本則稱作Kemari。

　　正式紀錄在19世紀的英國開始踢足球。曾有4支足球隊在特殊的場地上較量。史上第一場的足球賽是在1871年的英國舉行，而在1872年英國隊與蘇格蘭隊首次交鋒。

　　1904年球員們決定組織一個國際足球協會，那就是「國際足球總會」。法國人羅伯特・格蘭曾任職首任的主席。

　　女性也喜歡運動。在20世紀初首批的女子隊伍開始踢足球。而現在女子足球已列入了奧林匹克的競賽項目。

第五部分

讀完文章後答題。

ЧАСТЬ V

Мария шла домой с работы. Около дома она увидела Андрея. Раньше они часто встречались, гуляли, ходили в кино, им нравилось быть вместе. Но однажды Мария и Андрей поссорились и вот уже 4 месяца не видели друг друга. Андрей не приходил, не звонил, и Мария подумала, что у него есть другая девушка.

Мария жила одна. Дома её ждала только рыжая собака Бимка. Она всегда была рада, когда Мария приходила домой с работы. Девушка нашла собаку зимой на улице. Это было 3 месяца назад. Сначала Бимка ничего не ела, лежала и грустно смотрела на неё. Потом привыкла, начала есть, Мария ей понравилась. Девушка хотела узнать, чья это собака, но никто не мог сказать, кто её хозяин.

Андрей стоял около дома и ждал Марию. Он мечтал встретить её.

• Здравствуй, Маша!

• Здравствуй, Андрей! Как дела?

• Всё нормально.

• Что ты здесь делаешь? – Мария не понимала, почему Андрей пришёл сюда.

Я ищу свою собаку. Её зовут Лада. 4 месяца назад зимой Лада гуляла одна на улице и не пришла домой. Я ищу её всё это время, но не могу найти. Я подумала, может быть, ты видела её.

- У тебя рыжая собака?

- Да, рыжая.

- Тогда пойдём ко мне. Я знаю, где твоя собака.

Когда Мария и Андрей вошли в квартиру, Бимка побежала не к ней, а к Андрею. Хозяин и собака были очень рады друг другу.

- Я не знала, что у тебя собака, что это твоя собака, - сказала Мария.

- Я купил её, потому что мне было плохо, когда мы поссорились, - ответил Андрей.

- Наконец ты нашёл свою Ладу, а я звала её Бимка, - грустно сказала Мария, - теперь вы можете идти домой.

Андрей ничего не ответил. Он понял, что пришёл к Марии не потому, что искал собаку, а потому, что любит девушку. Он не хотел уходить.

А Лада-Бимка сидела, смотрела на них и тоже не хотела уходить. Она мечтала, чтобы её старый хозяин и новая хозяйка были вместе.

Задание 21. Определите тему текста.

21. (А) о любви

   (Б) о работе

   (В) о дружбе

Задание 22-25. Выберите информацию, которая

    (А) соответствует тексту

    (Б) не соответствует тексту

    (В) отсутствует в тексте

22. Мария и Андрей – брат и сестра.

23. Андрей познакомился с Марией в кино.

24. Мария живёт одна.

25. Собаку Андрея звали Бимка.

Задания 26-30. Выберите правильный вариант.

26. Мария нашла собаку...

    (А) летом в парке

    (Б) зимой на улице

    (В) зимой в магазине

27. Мария пригласила Андрея к себе домой, потому что...

    (А) ему было холодно на улице

    (Б) она поняла, что Бимка - собака Андрея

    (В) они давно не виделись

28. Андрей купил собаку, потому что...

    (А) ему было плохо, когда он поссорился с Марией

    (Б) ему очень нравились собаки

    (В) у него не было друзей

29. Собака побежала к Андрею, потому что...

    (А) это был незнакомый человек

    (Б) не поняла, кто её хозяин

    (В) она узнала хозяина

30. Когда Андрей увидел Марию, он понял, что...

    (А) его собака живёт у неё

    (Б) плохо знает девушку

    (В) любит эту девушку

    本篇文章也是屬於大篇幅式的文章。與前一篇型態不同的地方是本篇還穿插了對話的情節。一般來說，因為對話內容有助讀者更容易了解上下文的情節，所以文章較容易理解，閱讀起來也較不枯燥。我們還是遵從大篇幅文章閱讀的技巧，**先看題目與答案選項，而不是先急著閱讀文章本身。**

第21題：請辨別文章主題。
    (А) 有關愛情
    (Б) 有關工作
    (В) 有關友情

第22-25題：請選擇符合文章之敘述。
    (А) 符合文章敘述
    (Б) 不符合文章敘述
    (В) 文章未提及

第22題：瑪麗亞與安德烈是兄妹。

第23題：安德烈與瑪麗亞在電影院認識的。

第24題：瑪麗亞一個人住。

第25題：安德烈的狗叫賓卡。

第26題：瑪麗亞 _____ 撿到狗。
　　　　(A) 夏天在公園
　　　　(Б) 冬天在馬路
　　　　(B) 冬天在商店

第27題：瑪麗亞邀請安德烈回她的家，因為 _____。
　　　　(A) 安德烈在戶外感到冷
　　　　(Б) 她明白，賓卡是安德烈的狗
　　　　(B) 他們很久沒見到面了

第28題：安德烈買了隻狗，因為 _____。
　　　　(A) 他跟瑪麗亞吵了一架後，他覺得很難過
　　　　(Б) 他很喜歡狗
　　　　(B) 他沒有任何朋友

第29題：狗跑向了安德烈，因為 _____。
　　　　(A) 安德烈是個不認識的人
　　　　(Б) 狗不明白，誰是它的主人
　　　　(B) 它認出了主人

第30題：當安德烈看到了瑪麗亞之後，他明白，_____。
　　　　(A) 他的狗住在她家
　　　　(Б) 他根本不了解瑪麗亞
　　　　(B) 他愛著瑪麗亞

除了第21題是關於主題的題目之外，其他9題的重心不外乎就是兩個主角安德烈與瑪麗亞，另加一隻狗。所以我們心裡有個準備，這是一篇男女之間夾雜著一隻狗的故事。

　　第21題要選的是文章主題。三個選項分別是愛情、工作與友情。我們就來看看其他題目談的是愛情比較多，還是友情或工作比較多。我們要注意，第22題至第25題的題目是問與文章內容相符與否，題目的型態與我們所做過的題目都不同。但是不用擔心，我們只要藉由回答其他問題、看過文章，就能判斷這些題目是否出自文章。所以我們先跳過第22題至第25題，留到最後再做。第26題說到女主角瑪麗亞撿到一隻小狗。女孩與小狗似乎跟主題毫不相關，再往下看。第27題女主角邀請男主角回家，看似是愛情故事，但是看了選項之後，又好像跟愛情無關，只知道狗的名字叫賓卡。第28題是問安德烈買狗的原因，選項看到了「朋友」一詞，但是與友情並無直接關係。第29題問狗奔向安德烈的原因，題目與選項的重點都是狗。最後一題，第30題問的是安德烈看到了瑪麗亞之後的感覺，選項提到了狗與女主角，但是不知道是不了解女主角，或是深愛著女主角。本題與主題相關的就是「愛」這個動詞，但是我們也無法確定是否就是本題答案，當然更不能確認本篇文章的主題。所以，我們必須從文章著手，一一解題之後，才能知道文章的中心。

　　第22題中看到了男女主角，但是他們是不是兄妹或姊弟呢？我們要從頭看文章。第一段第一行女主角下班回家。前置詞 c＋работы第二格，意思是「下班」，而 на＋работе第六格與 на＋работу第四格，分別就是「在上班與去上班」，例如Антон сейчас на работе. 安東現在在上班；Антон ушёл на работу. 安東去上班了。之後她在家的附近看到了安德烈。以前瑪麗亞跟安德烈встречались、гуляли、ходили в кино. 這三個動詞都是未完成體動詞，正好呼應了副詞раньше「從前」，表示過去的時間他們所重複做的動作。動詞встречались「見面」、гулять「散步」、ходить в кино「看電影」，都是一般人會做的事情，但是如果主角是「傳

統的」[1]一男一女，那麼встречались就要解釋為「約會」、「在一起」。所以本題應該選 (Б)。

　　第23題的關鍵詞是動詞познакомились。該動詞原形是познакомиться，為完成體動詞，未完成體動詞是знакомиться。動詞後通常接前置詞с＋名詞第五格，意思是「與某人結識或瞭解某物」，後接表時間或地點的副詞、詞組。接下來我們就要找到男女主角結識對方的地點是否為電影院，就可作答。繼續往下看。無人稱句им нравилось быть вместе「他們喜歡在一起」，再次確認了他們是男女之間的關係。接著是一個重要的「詞意強烈」的連接詞но「但是」，表示後面的句意應該很重要。動詞поссорились的原形動詞是поссориться，為完成體動詞，未完成體動詞為ссориться，後通常接前置詞с＋人第五格，意思是「與某人爭吵」。所以，男女主角在四個月之前吵了一架，之後不再見面。安德烈不來找瑪麗亞，也不打電話，因此瑪麗亞認為他有了其他的女朋友。

　　第二段。第一句主詞是Мария，動詞是жила，所以是「瑪麗亞一個人住」，正巧與第24題的答案吻合，所以第24題應選 (А)。接下來是狗兒賓卡。瑪麗亞獨居，家裡只有賓卡守候著她。每當瑪麗亞下班回到家，賓卡總是開心得不得了。接下來主詞девушка，也就是瑪麗亞。動詞是нашла，意思是「找到」，原形動詞是найти，是完成體，其未完成體動詞為находить。動詞後接受詞第四格，為及物動詞。此處受詞為собаку，後接時間副詞зимой與表地方的詞組на улице。正是第26題的答案，所以該題要選 (Б) зимой на улице。接下來描述賓卡剛開始不習慣，不吃、不喝，只會沮喪地望著瑪麗亞。動詞смотреть要注意，如果後面加前置詞на＋受詞第四格，要當「盯著看」解釋，與смотреть＋受詞第四格不同。試比較：смотреть на меня「盯著我看」與смотреть фильм「看電

---

[1]　作者刻意使用雙引號以避免性別刻板印象之爭議。

影」。之後賓卡習慣了新主人，而新主人想找到原來的狗主人。第二段看完，我們意外地已經做完了第24題與第26題，但是並沒有找到男女主角如何認識的線索。

第三段。安德烈就站在瑪麗亞家的附近等著她，期待見到她。再次提醒考生，動詞мечтать後面可接原形動詞，不必一味地解釋為「夢想」，有時候看上下文，譯成「期待、希望」較為適當。接下來就是一連串的對話，直到最後兩小段。

對話的開頭是彼此的問候。但是女主角並不明白安德烈來訪的原因。安德烈說他來找走失的狗。此時瑪麗亞明白了，並且邀請安德烈去她家。所以，依據上下文的內容，我們可以判斷，瑪麗亞之所以要請安德烈一同回到她家，原因就是因為她以前撿到的狗就是安德烈走失的狗。第27題應選擇 (Б)。所以當他們走進家門的時候，小狗就跑向原來的主人安德烈。第29題自然要選擇 (Б)。狗跟主人相遇之後，主人說到當初買狗的原因：Я купил её, потому что мне было плохо, когда мы поссорились. 整句的敘述與題目的答案幾乎一模一樣，所以第28題要選答案 (A)。之後瑪麗亞認為既然安德烈已經找到走失的狗，那麼就可以帶著狗回家了。

倒數第二段。安德烈對於瑪麗亞的建議並不回應，因為他知道，他來找瑪麗亞的原因並不是要找尋狗兒的下落，而是他愛著瑪麗亞。我們看到了關鍵動詞любит與受詞Марию，所以第30題應選 (B)。

最後，狗跟安德烈都不想離開。小狗期望著它的主人與新的主人瑪麗亞能夠復合。看完了文章，我們應該對於文章的主題不會有任何的疑問，主題當然不是工作，也不是友情，而是兩位男女主角之間的愛情。第21題要選 (A) о любви。但是別忘了，我們剛剛還要找男女主角認識的地點是不是電影院。文章看完了，我們並沒有看到他們當初認識的任何線索，所以第23題我們要選 (B)，也就是文章沒提到相關訊息。

【翻譯】

　　瑪麗亞下班走著回家。離家不遠處她看到了安德烈。他們以前交往、常常散步、看電影，他們喜歡在一起。但是有一次，瑪麗亞跟安德烈吵了一架，然後整整四個月沒見到彼此。安德烈沒來找瑪麗亞，也不打電話給她。瑪麗亞認為安德烈有了新的女朋友。

　　瑪麗亞一個人住。家裡等著她的只有一隻棕紅色的小狗賓卡。當瑪麗亞下班回到家的時候，賓卡總是露出開心的樣子。瑪麗亞是冬天的時候在外面撿到狗的。那是三個月之前的事。最初賓卡甚麼都不吃，總是躺著，並且沮喪地盯著瑪麗亞看。之後牠習慣了，開始吃東西，也喜歡上了瑪麗亞。瑪麗亞想知道這是誰的狗，但是沒有人知道，誰是狗的主人。

　　安德烈站在瑪麗亞家的旁邊等著她，他期待碰見瑪麗亞。

- 妳好，瑪莎！
- 你好，安德烈！最近好嗎？
- 一切都還好。

　　瑪麗亞不明白安德烈為什麼來這裡，於是問 - 你在這裡做甚麼？

- 我在找我的狗，牠的名字叫拉達。四個月前的冬天，拉達在外面閒蕩，然後沒有回家。這些時日我一直在找牠，但是沒能找到。我想了想，或許妳看過牠。
- 你的狗是棕紅色的嗎？
- 是的，是棕紅色的。
- 那麼就跟我一起回家吧，我知道你的狗在哪裡。

　　當瑪麗亞與安德烈走進公寓的時候，賓卡奔向安德烈，而不是向瑪麗亞。主人與狗當時非常高興看到彼此。

　　瑪麗亞說 - 我不知道你有隻狗，不知道這就是你的狗。

　　安德烈回覆 - 我們吵架後，我感到很難過，所以我買了狗。

　　瑪麗亞難過地說 – 你最終找到了拉達，而我叫牠賓卡。現在你們可以回家了。

安德烈甚麼也沒說。他明白了，他來到瑪麗亞的住處並不是來找狗的，而是因為他愛著她。安德烈並不想離開。

而拉達-賓卡一面坐著，一面看著他們，同時也不想離開。小狗希望牠原來的主人與新的主人能夠在一起。

📝 項目四：寫作

考試規則

本測驗只有1題，作答時間為40分鐘。作答時可使用詞典。請將您的姓名填寫在答案卷上。

初級的「寫作」相對來說簡單，因為只有一題，而且這個題目是平日生活的情境題，或許是寫短文，或許是寫一封信，但並不是要求考生根據某項觀點而發表意見的論述題。考生只需要針對題目所提供的大綱，一一回覆，並且在回覆的同時，也盡量發揮一些我們已經知道的句型，將所有的回覆連接成一篇合理的短文或書信。相信只要看懂題目、大綱，平實並從容地作答，得到高分絕不是問題。

【答題策略】

一、本題是書信的寫作，所以一定要合乎寫信的要求。首先是對象，我們依照題目規定的對象採用適當的召喚語（問候語）。如果對象是朋友，我們則用Здравствуй或是Привет，切記不要用敬語Здравствуйте，反之亦然。如果對象不是朋友，則需用敬語，千萬不可混淆使用。例如：親愛的爸媽（Дорогие папа и мама!）、親愛的安東（Дорогой Антон!）、親愛的安娜（Дорогая Анна!），或是爸媽你們好（Здравствуйте, папа и мама!）、安東，你好（Здравствуй, Антон!）、安娜，妳好（Здравствуй, Анна!）；您好，伊凡·帕夫羅維奇（Здравствуйте, Иван Павлович!）、令人尊敬的伊蓮娜·安東

諾夫娜（Уважаемая Елена Антоновна!）。至於是用Дорогой ...（Дорогая ...），還是用Здравствуй ...（Привет ...）；是用 Уважаемый ...（Уважаемая ...），或是 Здравствуйте並沒有一定的規定，但是要注意，在召喚語之後一定要用「驚嘆號」，而非其他標點符號，切記！

二、寫了問候語之後，接著就按照大綱一一回覆即可。回覆了所有大綱的提示，那就是一篇很好的書信了。當然，有些大綱的問題如果不好發揮，我們也千萬不要浪費時間在思考如何回答，我們就挑容易回答的來寫。甚至有些時候我們可以將一些自己熟稔的句型或固定用法加入書信內容。但是一定要注意避免語法上的錯誤而造成反效果。

三、題目規定必須問對方一些問題，以便了解對方。建議考生就依照大綱的提示來問對方就好，如此一來，不僅不會犯語法上的錯誤，又能符合題目的要求，一舉兩得。

四、結尾。如果大綱的最後問題並不適合做為書信本體的結尾，那麼我們則必須加上自己的方案，將上下文做連結，使書信本體完整，才不會看似有頭無尾。

五、署名並加註日期。書信的結尾切記要送上祝福的話，之後署名與加註日期，這樣才是一封完整的信件。

以下示範實際答題要點。

Вы хотите познакомиться с русским молодым человеком или девушкой, чтобы переписываться с ним (с нею). Вам дали его (её) адрес.

Напишите письмо, предложите познакомиться и расскажите о себе:

- Как Вас зовут,

- сколько Вам лет,

- кто Вы,

- где Вы учились раньше,

- какие предметы Вы любили,

- где и когда Вы начали изучать русский язык, и почему,

- что Вы любите делать в свободное время.

Объясните, почему Вы пишите это письмо, что Вы хотите узнать об этом человеке, задайте ему (ей) вопросы и попросите написать Вам.

В Вашем письме должно быть не менее 15 предложений.

您想認識俄羅斯的年輕人（或女孩），目的是跟他（她）通信。您有他（她）的地址了。

請寫一封信並建議互相認識對方，之後敘述自己。

- 您叫甚麼名字，

- 您幾歲，

- 您的職業，

- 您以前在哪裡求學，

- 您喜歡哪些科目，

- 您在哪裡、何時開始學俄語的，為什麼要學，

- 您在空閒時候喜歡做些甚麼。

請解釋您為什麼寫這封信。您想知道對方甚麼訊息、問他 (她) 問題，並請對方回信。

信不得少於15個句子。

(1) Здравствуйте, Марина!

(2) Я Вам пишу, потому что мой преподаватель дал мне Ваш адрес. Я хочу познакомиться с Вами, чтобы переписываться с Вами. Что Вы думаете об этом? Вы не против? Меня зовут Джон. Я с Тайваня. Мне 20 лет. Я студент. Сейчас я учусь на факультете русского языка в университете. Наш университет называется Тамкан. Когда я учился в школе, мне очень нравились такие предметы, как математика и английский язык. 2 года назад я поступил в университет и начал изучать русский язык. Мне очень нравится русский язык, потому что я люблю русскую литературу. В свободное время я люблю ходить в кино и на дискотеку. Иногда я читаю русские романы на китайском языке.

(3) Что Вы любите делать в свободное время? Вы учитесь или работаете? В каких странах Вы уже были? Какие иностранные языки Вы знаете?

(4) Марина, если Вам не трудно, напишите мне письмо, пожалуйста. Мы можем поговорить о наших хобби. Спасибо!

(5) До свидания. Всего хорошего!

Джон

15/6/2016

　　此篇的對象是不認識的年輕人，既然是不認識的人，也不是小朋友，所以我們要用敬語，類似Здравствуйте, Марина! 的形式，非常的簡單，希望考生一定要會用。

　　接著是主文。我們假設自己是一個台灣人，因為老師的介紹，我們才跟想要認識的俄國女生寫信。接著利用題目的大綱介紹自己，並且稍微說明自己與俄語的聯接。

　　再來是問對方問題。我們挑選了大綱中的兩個問題來問對方，另外自己再加兩句簡單的「固定問句」。這兩個問句不僅可以表現我們的俄語程度，同時讓主文的結束自然、通順。

信的尾聲依照題目的要求請對方寫信給自己。最後加一句作為請對方寫信給自己的理由。結尾用簡單的道別方式，雖然簡單，但不是每位考生都會，請考生一定要掌握用法。

下面再提供一篇範例供考生參考。

Дорогой Антон, здравствуйте!

　　Меня зовут Маша. Я с Тайваня. Я студентка. Сейчас я учусь на историческом факультете. Я нашла Ваш адрес в Интернете, и я хочу познакомиться с Вами. Мне 21 год. 3 года назад я начала изучать русский язык в школе. В школе мне нравились русский язык и история, поэтому я сейчас продолжаю изучать русский язык. Мне очень нравится русский язык, потому что я люблю русскую историю и культуру. Надеюсь, что я могу учиться в России после окончания университета. В свободное время я люблю слушать музыку, смотреть фильмы и ходить в бассейн.

　　Антон, скажите, пожалуйста, чем занимаетесь, Вы студент? Что Вы обычно делаете в свободное время? Где Вы учитесь или работаете? Сколько Вам лет? Какие иностранные языки Вы знаете?

　　Антон, если у Вас будет свободное время, напишите мне, пожалуйста, письмо. Я буду очень рада побольше узнать о Вас. Мы можем говорить о разных вещах, получше познакомиться. Заранее спасибо за Ваш ответ.

До встречи! Всего доброго!
Маша
15/6/2016

📝 項目五：口說

A 版

考試規則

本測驗分3大題。作答時間為25分鐘。不得使用詞典。

■第一大題

第1大題共有5小題，答題時間至多5分鐘。答題是以對話形式進行，並無準備時間。口試老師問問題，您就問題作答。請注意，您的回答應為完整回答，類似да、нет或не знаю的答案皆屬不完整回答，不予計分。

1 • Вы не знаете, какая сегодня погода?

   • ...

2 • Скажите, пожалуйста, сколько сейчас времени?

   • ...

3 • Как Вы себя чувствуете?

   • ...

4 • Скажите, пожалуйста, Вы говорите по-английски?

   • ...

5 • Где Вы обычно отдыхаете летом?

   • ...

1 您知道今天的天氣如何嗎？

2 請問現在幾點？

3 您身體感覺如何？

4 請問您說英語嗎？
5 您通常夏天在哪度假？

第一大題答題技巧：

在這一大題中共有5個小題，每個題目都是以問句型態表示，要能答對每個題目並取得高分（滿分），絕對不是一件困難的事情，我們只要能堅守下列的答題技巧，一定能滿分過關。

（1）A1等級的題目完全沒有陷阱，題目所使用的單詞與句型都是符合俄語基本的程度，是非常清楚的、簡單明瞭的問句。考生只要聽清楚口試委員所說的問題，心平氣和地回答，通常都不會有問題的。所以，一定要仔細了解問題，給自己3至5秒的時間沉澱一下，然後從容地做答。如果聽完問題之後有疑慮，千萬不要害怕請老師再問一次！考試規則中並沒有提到老師的問句是否會重複，但是我們相信，口試老師都是心腸很好的，如果考生要求重複問句，老師應該會答應的。

（2）是Вы，還是ты？跟第一點一樣，重點還是在仔細聽問題。經驗告訴我們，很多考生在緊張的情況之下，把該用的人稱混淆，造成回答錯誤。明明老師請考生以路人角度回答，那麼就應該使用敬語Вы；如果老師請考生與朋友交談，那就應該用ты。最多的情況是考生將ты誤用為Вы，相反的情形較少，例如老師說 – У Вас день рождения. Пригласите друга（подругу）. Скажите, где и когда будет праздник. 口試老師給的情境題是請考生邀請朋友去作客，考生聽懂了關鍵詞пригласите「邀請」，開心作答之餘，可能就會犯錯，把朋友誤稱為「您」，例如：Антон, я хочу пригласить Вас… 那就犯了「稱謂」上的錯誤。

（3）動詞的時態及形式。一般來說，A1等級的題目中，動詞的時態是單純的，不會有故意要混淆考生的情形。動詞的形式大多是未完成體現在式，或是хотеть、мочь動詞後加完成體動

詞，表示「即將要做的事情」。但是考生要活用動詞的其他形式，例如基本命令式的使用，例如提問的時候：Скажите, пожалуйста, ...；請求原諒：Извините, пожалуйста, ...；Простите, пожалуйста, ...。掌握命令式的用法對於在這大題的回答是非常有幫助的。

（4）回答力求簡單明瞭。聽懂老師的題目之後，沉澱3至5秒鐘之後作答。答案力求簡單，動詞變位、名詞變格務求正確，切忌長篇大論、囉哩囉嗦，只要回答到問題的重點即可，這樣就可以得滿分。

（5）如果對答案非常有把握，考生除了簡單的回答之外，可以再做一些延伸，豐富並美化答案。依照考試評分規則，如果考生的選項用詞豐富、句型多變，評分老師可酌予加分。但是切記，一定是要在非常有把握的狀況之下才能增加答案內容，以免弄巧成拙，多說多錯。

以下就來看看實際的簡單回答吧。

1 • Вы не знаете, какая сегодня погода?
  • Сегодня хорошая погода.

2 • Скажите, пожалуйста, сколько сейчас времени?
  • Сейчас 2 (два) часа.

3 • Как Вы себя чувствуете?
  • Я чувствую себя хорошо.

4 • Скажите, пожалуйста, Вы говорите по-английски?
  • Да, я говорю по-английски.

5 • Где Вы обычно отдыхаете летом?
  • Я обычно отдыхаю на море.

以下再提供幾個選項，其中有些答案有延伸，請參考。

1 • Сегодня плохая погода.

  • Сегодня плохая погода. Сказали, что будет дождь.

  • Я не знаю, какая сегодня погода. У меня нет телевизора.

2 • Сейчас 5 (пять) часов 10 (десять) минут.

  • Сейчас половина шестого.

  • Извините! Я не знаю. У меня нет часов.

3 • Я плохо себя чувствую.

  • Я отлично себя чувствую. У меня ничего не болит.

  • Я очень плохо себя чувствую. У меня болит голова.

4 • Нет, я не говорю по-английски.

  • Да, я очень хорошо говорю по-английски.

  • Нет, я не говорю по-английски, но я читаю по-английски.

5 • Летом я люблю отдыхать за границей.

  • Я обычно отдыхать на юге Тайваня.

  • Я обычно отдыхаю у бабушки в деревне летом.

■ 第二大題

　　第2大題也是有5小題，答題是以對話形式進行，並無準備時間。第1大題與第2大題不同之處在於，第1大題是老師問問題，考生回答；而第2大題則是由口試老師說出對話的背景（場景），由考生首先發言、首先展開對話，而口試老師不需就您的發言做任何回答。

6 Я хочу купить музыкальный диск. Посоветуйте, какой диск мне купить.

7 Вы пришли к врачу. Начните разговор, объясните, почему Вы пришли.

8 Вы опоздали на урок. Объясните преподавателю, что случилось.

9 У Вас день рождения. Пригласите друга (подругу). Скажите, где и когда будет праздник.

10 Вы давно не видели Вашего друга, а сегодня Вы с ним встретились… Начните разговор.

6 我想買一張音樂CD。請給我一些建議，我該買怎麼樣的CD。

7 您來看醫生。 請開始對話，請解釋您來的理由。

8 您上課遲到了。請跟老師解釋發生了甚麼事。

9 您要過生日。邀請朋友並告訴他生日派對的時間與地點。

10 您許久沒見過朋友了。而今天你們見到面了。請開始對話。

第二大題答題技巧：

本大題要比第1大題的題目較為複雜，因為第1大題的題目為問答方式，考生只需要依據提示（問題）回答即可。本大題的題目為實際對話之背景（情境），雖然題目中也是有提示考生的地方，可依據提示作答，然而創作性較高，相對來說，較為困難。所以，掌握答題技巧更顯得重要。

（1）確實聽懂問題。唯有聽懂問題，才能正確回答。如果真的沒有百分之百的把握，請口試老師再說一次題目。

（2）聽懂題目之後，盡量迎合題目內容發揮選項。例如第6題需要解釋遲到原因，我們就可以先利用題目中的句型，先道歉，後把人稱換成「我」即可：*Извините! Я опоздал на урок, потому что...*這兩句已經是答案的60%了，只需要再加上遲到的原因就完成了。又如第10題，您與老友見面了，我們就利用原來的句型，把人換成「我」，沿用題目的動詞：Мы с тобой встретились...。一開始當然要有「問候語」與「人名」，例如Здравствуй, Антон! 最後再加一點內容就完成了對話的開始。

（3）是Вы，還是ты？考生在緊張的心理狀態下，明明聽到的是 друг「朋友」，卻還是稱朋友為「Вы」，造成對話禮儀的錯 誤，必須扣分。所以，一定要聽清楚題目中背景需要我們對 談的對象是誰，是Вы，還是ты，務必要清楚掌握。

（4）問候語的重點。在俄語的對談中，問候語是個必要的元素，這 是我們說中文時候所欠缺的文化，建議大家一定要慢慢地養 成說問候語的習慣。問候語與對談對象有密不可分的關係， 如果對方是Вы，那麼我們不妨以Добрый день! Здравствуйте! Простите, пожалуйста...，Извините, пожалуйста...，或是 Скажите, пожалуйста...，Вы не скажите...做為問候語（召喚 語）；如果對方是ты，選項也是很多，例如：Привет, Инна! Здравствуй, Антон! Слушай Марина! Иван, ты (не) знаешь... Антон, скажи, пожалуйста, ...等等做為開頭的問候語（召喚 語）。

（5）打電話的對談。如果情境是要考生打電話給朋友或是不認識 的人或地方，那麼我們首先用的單詞是Алло! 如果是打給朋 友，可以接著說Привет, Иван. Это Антон. Как дела? ...；如果 是打給不認識人或地方，可以接著說Скажите, пожалуйста, это гостиница «Москва»? 或是Добрый день! Это ресторан «Тай»? 總之，一定記得要說Алло!

（6）盡量避免不必要的談話內容。請依據題目提示做答即可，避 免長篇大論，多說就可能多錯！

以下就來看看實際的簡單回答吧。

6 • Здравствуйте, Марина! Я советую Вам купить диск современной музыки.

7 • Добрый день, доктор! У меня болит голова. Помогите, пожалуйста.

8 • Здравствуйте, Анна Ивановна! Извините, что я опоздал на урок. Я проспал.

9 • Привет, Марина! Я хочу пригласить тебя на обед, потому что сегодня у меня день рождения. Давай встретимся в 2 часа в ресторане «Тай».

10 • Здравствуй, Антон! Давно не виделись. Я рад, что мы с тобой встретились. Как дела?

以下再提供幾個選項，其中有些答案有延伸，請參考。

6 • Здравствуйте, Марина! Я советую Вам купить диск известного певца Лин. У него очень интересная музыка.

• Здравствуйте, Марина! Если Вам нравится поп-музыка, я советую Вам купить диск певицы Гага.

7 • Здравствуйте, доктор! У меня температура. Вы мне поможете?

• Здравствуйте, доктор! У меня болит зуб. Помогите, пожалуйста.

8 • Здравствуйте, Анна Ивановна! Простите, пожалуйста, что я опоздала на урок. У меня болела голова.

• Добрый день, Иван Иванович! Простите, пожалуйста, что я опоздал на урок, потому что мои часы не работают.

9 • Привет, Антон! Завтра у меня день рождения. Я хочу пригласить тебя на ужин. Приходи ко мне домой в 3 часа. Хорошо?

• Привет, Антон! Сегодня у меня день рождения. Я хочу пригласить тебя в ресторан. Давай встретимся на станции метро «Университет» в час.

10 • Здравствуй, Антон! Сколько лет, сколько зим. Как у тебя дела?

• Здравствуй, Антон! Это ты? Как мы с тобой давно не виделись. Как у тебя дела? Ты сейчас работаешь или учишься?

🔳 第三大題

第3大題的準備時間為10分鐘、答題時間為5分鐘。準備時可以使用詞典。答題的內容不得低於10至12句。

第3大題與「寫作」的題型非常類似，只是內容必須以口語形式闡述，難度比「寫作」測驗高，所以我們必須要有一套答題技巧，依照技巧作答，以便順利通過考試。

本題的題目是一個自述題，有一個題目，而題目之下會有一些答題的大綱，形式與「寫作」題雷同。答題的準備時間非常充裕，有10分鐘，所以考生只要簡單地依照大綱的提示撰寫內容，就可以完成一篇完整的口述。

我們建議考生依照題目準備一篇敘述。我們可以將敘述內容寫在試場供應的草稿紙上，但是要記住，在真正考試的時候，考生雖然可以帶著草稿紙應考，但不宜在回答的全程盯著草稿唸答案。基本上，這樣是不被允許的，口試老師也或許會不贊同這種做法。所以我們建議，考生要盡全力將草稿完成，如果可能，在有限的時間內最好是寫出完整的敘述，以免忘記當時草稿的內容，而在回答的時候，先大膽地按草稿唸著剛寫的內容，但是一定要記得，眼睛一定要偶而看看口試老師，讓老師感覺你不是在完全按照草稿唸，如果老師制止，那麼就暫時不要再看著草稿回答，等到經過一小段時間之後，再看草稿回答。

第三大題答題技巧：

(1) 快速看懂題目。

(2) 快速掃描題目的大綱。

(3) 依據大綱快速書寫回答。也就是說，多多利用大綱內的單詞、
   詞組與句型來造句，減輕自己創作的負擔。

(4) 如果可以，答案的草稿盡量用完整句子呈現，以利考試時回
   答。若因時間有限而無法快速書寫，也一定要用自己可以理解
   的方式做答案的筆記，避免考試時忘記自己的答案內容。

以下就以本版本之題目示範答題要點。

Подготовьте сообщение на тему: «Я и мой друг».

Вопросы:

- Как зовут Вас и Вашего друга?

- Сколько Вам лет?

- Где Вы живёте?

- Когда и где Вы познакомились?

- Сколько лет Вы дружите?

- Где и как Вы учитесь?

- Какие предметы нравятся Вам и Вашему другу?

- Что Вы и Ваш друг любите делать в свободное время?

- Кем Вы хотите быть и почему?

- Почему Вам нравится Вашему другу?

請準備一篇以「我與我的朋友」為題的報告。

問題：

- 您與您的朋友名字為何？
- 您幾歲？
- 您住哪？
- 你們甚麼時候、在哪認識的？
- 你們交往多久了？
- 您在哪裡念書、念得如何？
- 您與您的朋友喜歡哪些科目？
- 您與您的朋友在空閒時間喜歡做些甚麼？
- 您想從事的工作？為什麼？
- 為什麼您喜歡您的朋友？

Я и мой друг

Меня зовут Антон, а моего друга – Иван. Мне 20 лет, а Ивану – 21 год. Я живу в городе Тайбэе, и Иван тоже. 3 года назад мы с Иваном познакомились в школе. Мы дружим уже 5 лет. Теперь мы вместе учимся в университете. Иван учит испанский и немецкий языки, а я учу математику. Мы любим учиться, и мы хорошо учимся в университете. Мне нравится математика, а Ивану – история Испании. В свободное время мы вместе ходим в кино и в рестораны. После университета я хочу быть инженером, потому что мне нравится работать на компьютере. Мне нравится мой друг, потому что он очень добрый человек.

以下再提供一篇答案，請參考。

Я и мой друг

Меня зовут Маша. Мне 22 года. У меня есть очень хорошая подруга. Её зовут Анна. Анне 27 лет. Она уже работает. Она журналистка. А я ещё учусь в университете. Я изучаю физику. Мне очень нравятся физика и математика. Надеюсь, что я могу работать инженером после университета. Мы с Анной познакомились в клубе 2 года назад. Она очень хорошо танцует. Она мне очень нравится, потому что она всегда помогает мне. Сейчас мы вместе живём в квартире в городе Тайбэе. В свободное время мы обычно гуляем в парке или ходим на концерты. Мы очень любим классическую музыку.

B 版

■ 第一大題

1 • Скажите, Вам нравится русский язык?

  • ...

2 • Скажите, пожалуйста, как называется Ваш родной город?

  • ...

3 • Вы не знаете, какой автобус идёт в центр города?

  • ...

4 • Что случилось? Почему вчера Вы не были на экскурсии?

  • ...

5 • Вчера я звонила Вам, но Вас не было дома. Где Вы были весь вчера?

  • ...

1 請問您喜歡俄語嗎？

2 請問您的故鄉名稱為何？

3 請問您知道那一班公車有到市中心？

4 發生甚麼事了？為什麼您沒去旅遊呢？

5 昨天我打電話給您，但是您不在家。您一整天去哪了？

切記，答案簡單明瞭即可。以下就來看看示範的回答吧。

1 • Скажите, Вам нравится русский язык?

   • Да, мне нравится русский язык.

2 • Скажите, пожалуйста, как называется Ваш родной город?

   • Мой родной город называется Тайбэй.

3 • Вы не знаете, какой автобус идёт в центр города?

   • Да, знаю. Автобус номер 5 идёт в центр города.

4 • Что случилось? Почему вчера Вы не были на экскурсии?

   • У меня болела голова.

5 • Вчера я звонила Вам, но Вас не было дома. Где Вы были весь вчера?

   • Я был на экскурсии.

以下再提供幾個選項，其中有些答案有延伸，請參考。

1 • Нет, мне не нравится русский язык.

   • Да, мне очень нравится русский язык.

   • Да. Мне нравится не только русский язык, но и русская литература.

2 • Мой родной город называется Москва.

  • Извините, пожалуйста, я не помню, как называется мой родной город.

3 • Нет, я не знаю. Я плохо знаю город.

  • Да, знаю. Все автобусы идут в центр города.

4 • Вчера у меня был экзамен.

  • Я был на экскурсии. Вы меня не видели?

  • Я не была на экскурсии, потому что я была занята.

5 • Вчера я была в университете.

  • Я был на экскурсии с нашим преподавателем.

  • Я был дома, всё время спал.

■ 第二大題

6 У Вас есть два билета в цирк. С кем Вы хотите пойти? Пригласите друга (подругу).

7 Вы пришли в кафе. Вы хотите пообедать. Начните разговор. Скажите, что Вы хотите.

8 Вы в незнакомом городе. Вы хотите пойти в музей, но не знаете, где он находится. Узнайте.

9 Вы узнали, что завтра будет экскурсия. Сообщите об этом другу по телефону.

10 Вы забыли свой словарь дома. Попросите у друга.

6 您有兩張馬戲團的票。您想跟誰去呢？請邀請朋友前去。

7 您來到小吃店，想要吃中餐。請開始對話，說您想吃甚麼。

8 您在一個陌生的城市。您想去博物館，但是不知道博物館的座落地點。請問一下。

9 您得知明天有個旅遊行程。請用電話通知您的朋友。

10 您把辭典忘在家了。請向朋友借一下。

不要忘記了對話的對象，聽懂了口試老師的題目之後決定使用敬語與否。如果要打電話，別忘了要用俄語的「喂」，也就是 Алло! 以下就來看看實際的簡單回答。

6 • Привет Антон! У меня есть два билета в цирк. Хочешь пойти со мной?

7 • Добрый день! Я хочу пообедать. Дайте мне суп и салат, пожалуйста.

8 • Здравствуйте! Скажите, пожалуйста, где находится музей «Эрмитаж»?

9 • Алло! Привет, Марина! Завтра будет экскурсия в 2 часа в университете «Тамкан».

10 • Привет, Антон! Я забыл дома словарь. Дай мне твой, пожалуйста.

以下再提供幾個選項，其中有些答案有延伸，請參考。

6 • Привет Маша! Я хочу пригласить тебя в цирк. У меня есть два билета.

 • Слушай, Антон! Пойди со мной в цирк сегодня. У меня есть два билета.

7 • Здравствуйте! Дайте, пожалуйста, меню. Я хочу заказать обед.

 • Добрый день! Дайте, пожалуйста, мясо с картошкой и чашку кофе.

8 • Здравствуйте! Вы не знаете, где находится «Русский музей»?

 • Простите, пожалуйста. Вы не скажите, где музей «Тайбэй сто один»?

9 • Алло! Привет, Марина! Ты знаешь, что завтра будет экскурсия? Давай встретимся в университете в 4 часа.

- Алло! Здравствуй, Иван! Завтра будет экскурсия в зоопарк. Пойдём?

10 • Слушай, Саша! Дай мне словарь, пожалуйста. Я забыл свой дома.

- Привет, Ира! Ты можешь дать мне словарь? Я забыл свой дома. Мне нужно посмотреть новые слова.

第三大題

Подготовьте сообщение на тему: «Моя семья дома».

Вопросы:

- Вы любите, когда Ваша семья дома?

- Когда это бывает?

- Какая у Вас семья?

- Сколько человек в Вашей семье?

- Чем занимаются Ваши родители, братья, сёстры?

- У Вас есть бабушка и дедушка? Где они живут?

- Вы часто с ними встречаетесь?

- Что делает Ваша семья в субботу и в воскресенье?

- Как Вы отдыхаете вместе?

- Куда Вы любите вместе ходить (ездить) в свободное время?

請準備一篇以「我的家人在家裡」為題的報告。

問題：

- 您喜歡您家人在家的時候嗎？

- 甚麼時候會在家？

- 您有甚麼樣的家庭？

- 您有幾個家人？

- 您的父母親及兄弟姊妹從事的工作為何？

- 您有祖父母媽？他們住在哪裡？

- 您常跟他們見面嗎？

- 您的家人在星期六、星期日做些甚麼？

- 你們的休閒方式為何？

- 你們在空閒的時候去哪裡？

Моя семья дома

Я люблю, когда наша семья дома. Вечером мы обычно вместе ужинаем дома. У нас маленькая семья: папа, мама, брат и я. Папа преподаватель, а мама медсестра. Брат сейчас учится в университете, а я работаю на заводе. У нас есть бабушка и дедушка. Они живут в деревне. Они не любят город, но они живут у нас зимой. Мы обычно ходим в кино или гуляем в парке в субботу и в воскресенье. В свободное время мы всегда отдыхаем на море на юге. На море мы обязательно ходим в известные рестораны и кафе. А в гостинице мы обычно разговариваем, слушаем музыку и играем в шахматы.

再提供一篇答案，請參考。

Моя семья дома

Я очень люблю, когда наша семья дома. Каждый день мы завтракаем вместе и говорим о наших планах. У нас большая семья. В нашей семье 5 человек: папа, мама, старший брат, младшая сестра и я. Мой отец работает на заводе. Он инженер. Моя мама домохозяйка. Старший брат повар. Он работает в ресторане. Моя сестра ещё маленькая. А я студент, учусь в институте. У нас есть бабушка и дедушка. Они живут вместе с нами. В субботу и в воскресенье мы всегда дома. Дома мы слушаем музыку и говорим о нашей жизни. В свободное время мы всегда отдыхаем в деревне на юге. В деревне мы ходим в лесу и катаемся на велосипеде. Мы всегда хорошо отдыхаем вместе в свободное время.

C 版

■ 第一大題

1 • Скажите, пожалуйста, сколько времени Вы изучаете русский язык?

   • ...

2 • Вы не знаете, где можно пообедать и выпить кофе?

   • ...

3 • Скажите, пожалуйста, какой сегодня день недели?

   • ...

4 • Скажите, куда Вы пойдёте после экзамена?

   • ...

5 • Скажите, какой Ваш любимый предмет?

   • ...

1 請問您俄語學多久了？

2 請問您知道哪裡可以吃午餐、喝杯咖啡？

3 請問今天是星期幾？

4 請問您考完試後要去哪裡？

5 請問您最喜歡的科目是哪一科？

切記，答案簡單明瞭即可。以下就來看看示範的回答吧。

1 • Скажите, пожалуйста, сколько времени Вы изучаете русский язык?

   • Я изучаю русский язык 2 года.

2 • Вы не знаете, где можно пообедать и выпить кофе?

   • Да, вот там есть большой ресторан, где можно хорошо и недорого пообедать.

3 • Скажите, пожалуйста, какой сегодня день недели?

   • Сегодня понедельник.

4 • Скажите, куда Вы пойдёте после экзамена?

   • После экзамена я пойду домой.

5 • Скажите, какой Ваш любимый предмет?

   • Мой любимый предмет литература.

以下再提供幾個選項，其中有些答案有延伸，請參考。

1 • Я изучаю русский язык уже год.

   • Я изучаю русский язык только полгода.

2 • Да, недалеко есть маленькое кафе. Там есть вкусный кофе.

   • Нет, я не знаю. Я плохо знаю город.

3 • Сегодня вторник.

   • Сегодня суббота.

4 • После экзамена я пойду на дискотеку.

 • Я никуда не пойду после экзамена, потому что я должен прочитать статью.

5 • Мой любимый предмет русский язык.

 • У меня нет любимого предмета. Я не люблю учиться.

■ 第二大題

6 Вы хотите пригласить в гости друга. Скажите ему, где Вы живёте.

7 Ваш друг сейчас в Москве. Позвоните ему, узнайте, как у него дела.

8 На дискотеке Вы хотите познакомиться с молодым человеком (девушкой). Начните разговор.

9 Вы на уроке. У Вас нет ручки. Попросите у друга.

10 Вы хотите узнать у друга планы на субботу и воскресенье.

6 您想邀請朋友作客。請告訴他您住哪裡。

7 您的朋友現在正在莫斯科。請打電話給他，問他過得如何。

8 您在舞廳想認識一位年輕人（女孩）。請開始對談。

9 您現在正在上課。您沒有筆。請向朋友借一下筆。

10 您想知道朋友星期六及星期日的計畫。

不要忘記了對話的對象，也要記得打電話的開頭。請看看實際的簡單回答。

6 • Привет Антон! Я хочу пригласить тебя в гости. Приходи ко мне домой. Я живу на улице Чехова, дом 10, квартира 5.

7 • Алло! Привет, Марина! Это Антон. Как у тебя дела? Что нового?

8 • Здравствуйте! Можно с Вами познакомиться? Меня зовут Иван.

9 • Антон, дай мне ручку. Я забыл свою дома.

10 • Привет, Антон! Что ты будешь делать в субботу и в воскресенье?

以下再提供幾個選項，其中有些答案有延伸，請參考。

6 • Привет Маша! Я хочу пригласить тебя в гости. Я живу в общежитии, в комнате 5.

 • Слушай, Антон! Пойдём ко мне в гости после урока. Я живу недалеко от университета, на улице Пушкина, дом 1, квартира 3.

7 • Алло! Привет, Марина! Это Антон. Как дела? В Москве уже холодно?

 • Алло! Здравствуй, Иван! Это Елена. Как дела? Почему ты не звонишь, не пишешь?

8 • Здравствуйте! Вы очень красивая девушка. Можно с Вами познакомиться?

 • Добрый вечер! Меня зовут Ирина. Я бы хотела с Вами познакомиться. Можно?

9 • Маша! Можно попросить у тебя ручку. У меня нет ручки.

 • Иван! Дай мне, пожалуйста, ручку. Я забыла свою ручку дома.

10 • Привет, Ира! Какие у тебя планы на субботу и на воскресенье?

 • Привет, Саша! Что ты будешь делать в субботу и в воскресенье? Если у тебя планов нет, поедем месте на экскурсию в город Тайнань.

■ 第三大題

Подготовьте сообщение на тему: «Мои каникулы».

Вопросы:

- Когда у Вас бывают каникулы?

- Сколько времени Вы отдыхаете?

- Где Вы проводите зимние и летние каникулы?

- Что Вы делаете в каникулы? (музыка, спорт, театр, кино, книги…)

- С кем Вы встречаетесь?

- Вы любите путешествовать или отдыхать дома?

- Где Вы уже были? Куда ездили?

- Куда хотите поехать на следующие каникулы?

- Какую книгу Вы хотите прочитать в каникулы?

- Какой фильм посмотреть?

請準備一篇以「我的假期」為題的報告。

問題：

- 您通常甚麼時候有假期？

- 您的假期多久？

- 您的寒假與暑假在哪裡度過？

- 您在假期做些甚麼？(音樂、運動、劇院、電影、書籍等)

- 您與誰見面？

- 您喜歡旅行或是在家休息？

- 您已經去過哪裡？

- 您下次假期想去哪裡？

- 您想在假期的時候看哪本書？

- 想看哪部電影？

Мои каникулы

У меня бывают каникулы зимой и летом. Обычно я отдыхаю 3 месяца в год. Летом я люблю проводить каникулы на море, а зимой – в деревне. Летом я часто загораю на море и хожу в кафе. Зимой я хожу в кино и читаю романы. В зимние каникулы я хочу прочитать роман «Война и мир» и посмотреть фильм «Титаник». В каникулы я иногда встречаюсь со старыми друзьями. Мы вместе гуляем, слушаем музыку, ходим в театр. Я люблю путешествовать в каникулы. Я уже был в Японии, в Корее и в Америке. Я хочу поехать в Петербург в летние каникулы, потому что я ещё не был в России.

再提供一篇答案，請參考。

Мои каникулы

Я студент. У меня есть зимние и летние каникулы. Летом я отдыхаю 2 месяца, а зимой – только месяц. В летние каникулы я люблю проводить время у бабушки в деревне. Мы с бабушкой ходим в лес, гуляем на природе. В зимние каникулы я обычно езжу за границу. Я уже был в России, в Европе. Я люблю, когда очень холодно. В следующие каникулы я хочу поехать в Японию, в Корею или в Китай. Иногда мне нравится отдыхать дома, ничего не делать. Дома я обычно смотрю фильмы по телевизору и слушаю музыку. А ещё я люблю читать дома. В следующие зимние каникулы я хочу прочитать роман «Война и мир». Я очень люблю русскую литературу.

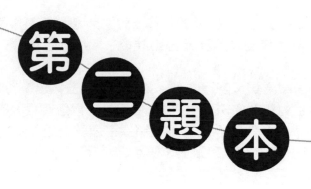

第二題本

項目一：詞彙、文法

考 試 規 則

本測驗有四個部分，共100題，作答時間為50分鐘。作答時禁止使用詞典。拿到試題卷及答案卷後，請將姓名填寫在答案卷上。

將正確的答案圈選於答案卷上。如果您認為答案是Б，那就在答案卷中相對題號的Б畫一個圓圈即可；如果您想更改答案，只需將答案畫一個圓圈就好，並將原來您認為是錯的選項打一個X即可。請勿在試題紙上作任何記號！

第1-100題：請選一個正確的答案

1. Я хорошо говорю ...

2. А.С. Пушкин – известный ... поэт.

3. Я хочу прочитать его стихи …

4. Мне нравится …

選項：(А) русский язык (Б) русский (В) русские (Г) по-русски

分析：選項 (А) русский язык是形容詞＋名詞的組合，可做為第一格主詞，例如Русский язык стал популярным на Тайване. 在台灣俄語變得流行了；也可作為受詞第四格，例如Я изучаю русский язык уже 3 года. 我俄語已經學了三年。選項 (Б) русский 可作為形容詞或名詞。當作形容詞的時候，意思是「俄國的、俄國人的、俄式的」，例如Это русский ресторан. 這是俄國餐廳。如果當名詞使用，意思則是「俄

羅斯人」，例如Антон русский. 安東是俄國人。在此為形容詞第一格及第四格（無生命）或名詞第一格。選項 (В) русские為選項 (Б) русский的複數形式。選項 (Г) по-русски為副詞，意思是「用俄語、按照俄國人方式」。須注意，若干動詞之後必須接副詞по-русски，而非русский язык，例如говорить、понимать、писать、читать等等。

★ Я хорошо говорю *по-русски*.
　我俄語說得不錯。

★ А.С. Пушкин – известный *русский поэт*.
　普希金是位著名的俄國詩人。

★ Я хочу прочитать его стихи *по-русски*.
　我想讀他俄語的詩。

★ Мне нравится *русский язык*.
　我喜歡俄文。

---

5. Как ... эта книга?

6. Как ... Вашего нового учителя?

7. Твоего брата … Николай?

8. Интересно, почему эта улица … Новая?

選項：(А) зовут (Б) называется

分析：選項 (А) зовут與選項 (Б) называется的差別在於：動詞зовут用於有生命的名詞，而называется則是用在無生命的名詞，例如Меня зовут Антон. 我叫安東；Этот завод называется Москва. 這間工廠叫莫斯科。動詞зовут的原形是звать，此為第三人稱複數現在式形式，而人稱代名詞меня是受詞第四格，主詞為省略的они（他們），需特別注意。動詞называется的原形是называться，此為第三人稱單數現在式形式。

★ Как *называется* эта книга?

這本書的書名是甚麼？

★ Как *зовут* Вашего нового учителя?

您的新老師叫甚麼名字？

★ Твоего брата *зовут* Николай?

你的哥哥叫尼古拉嗎？

★ Интересно, почему эта улица *называется* Новая?

好想知道為什麼這條街叫做新街？

9. Как ты думаешь, ... нам пойти в субботу?

10. Ты не знаешь, ... они идут?

11. Скажите, ... находится библиотека?

12. Вы не скажите, ... метро?

選項：(А) где (Б) куда

分析：選項 (А) где 的意思是「哪裡」，是疑問詞，句中搭配是表示「靜止」狀態的動詞。選項 (Б) куда的意思是「去哪裡」，也是疑問詞，但是句中必須搭配表達「移動」狀態的動詞。第9題有移動動詞пойти「去」，所以應選 (Б) куда。第10題也是有移動動詞идут「去」，所以也應選 (Б) куда。第11題的關鍵詞是動詞находится，意思是「位於、坐落於」，原形動詞為находиться，後面通常接前置詞＋名詞第六格，表示「靜止」的狀態，所以本題應選 (А) где。第12題也是應該選 (А) где，因為句中為現在式，所以省略BE動詞，仍是「靜止」的狀態。

★ Как ты думаешь, *куда* нам пойти в субботу?

你認為我們星期六去哪裡好呢？

★ Ты не знаешь, *куда* они идут?

你知道他們去哪裡嗎？

★ Скажите, *где* находится библиотека?

請問圖書館在哪？

★ Вы не скажите, *где* метро?

請問地鐵在哪？

13. Наша группа пойдёт ... Исторический музей.

14. Я знаю, что этот музей находится ... Красной площади.

選項：(А) в (Б) на

分析：選項 (А) в 與 (Б) на都是前置詞，後面可加第四格，表示
　　　「移動」的狀態，通常搭配移動動詞。這些前置詞後也可接
　　　名詞第六格，但是意思是「靜止」的狀態，不可搭配移動動
　　　詞，而是與BE動詞或是表示「靜止」狀態的動詞連用。至
　　　於前置詞в或на的選用則端視後接的名詞而定，需要死背。

★ Наша группа пойдёт *в* Исторический музей.

我們班要去歷史博物館。

★ Я знаю, что этот музей находится *на* Красной площади.

我知道這個博物館位於紅場。

15. Моя сестра ... русский язык.

16. Она ... русский язык в университете.

17. Саша … в школе.

18. Он … физику и математику.

選項：(A) изучает (Б) учится

分析：這幾題考的是動詞учиться與изучать的區別。動詞учиться 與изучать的意思皆為「學習、唸、念書」，但是動詞之 後所連接的用法卻有很大的不同。動詞учиться建議考生 就記為「念書」，後面不加受詞，通常與表示「時間」或 「地點」的詞或詞組連用，例如Антон учится на Тайване. 安東在台灣念書；Анна училась в Санкт-Петербургском университете. 安娜以前唸聖彼得堡大學。動詞изучать為及 物動詞，後加名詞第四格，當作「學習、研究」之意，例如 Антон изучает китайский язык уже 3 года. 安東學中文已經 三年了。請特別注意，動詞учиться後如果加名詞，則用第 三格，但是較изучать＋名詞第四格少用，例如Антон учится музыке. 安東學習音樂。

★ Моя сестра *изучает* русский язык.
我的姊姊在學俄文。

★ Она *изучает* русский язык в университете.
她在大學學俄文。

★ Саша *учится* в школе.
薩沙在讀中學。

★ Он *изучает* физику и математику.
他在學物理與數學。

19. У меня … преподаватель английского языка.

選項：(A) хороший (Б) хорошая (В) хорошие (Г) хорошо

分析：本題的關鍵詞是名詞преподаватель「老師」。該名詞是陽性、單數，之後連接第二格，作為修飾名詞的「從屬關係」。另外，請考生再次記住本句型：у кого (есть)＋名詞第一格；у кого нет＋名詞第二格。所以本題缺乏形容詞來形容名詞преподаватель，應選 (A) хороший。

★ У меня *хорший* преподаватель английского языка.
我有個好的英文老師。

20. В класс пришла новая …

選項：(A) учитель (Б) ученица (В) ученик (Г) учебник

分析：本題的關鍵詞是動詞пришла與形容詞新ая。句中缺乏的是主詞。動詞是單數陰性過去式，形容詞也是單數陰性，所以主詞也應為單數陰性，故選 (Б) ученица。

★ В класс пришла новая *ученица*.
班上來了個新的學生。

21. Писатель подарил нам свою новую …

選項：(A) журнал (Б) журнала (В) книгу (Г) книга

分析：本題不只考名詞的性，也考名詞的格。動詞подарил 的原形是подарить，是完成體動詞，未完成體動詞是дарить，意思是「送」。動詞後面接人用第三格、接物用名詞第四格。本題是陰性第四格свою новую，所以答案應選 (В) книгу。

★ Писатель подарил нам свою новую *книгу*.

作家送我們一本他的新書。

---

22. Я очень люблю … каникулы.

選項：(А) зима (Б) зимний (В) зимние (Г) зимой

分析：先看看四個選項。選項 (А) зима是陰性名詞，意思是「冬天」。選項 (Б) зимний是名詞зима的形容詞形式，為陽性、單數，後接名詞。選項 (В) зимние是選項 (Б) 的複數形式，後接的名詞也應為複數。選項 (Г) зимой是名詞зима的第五格，也做為時間副詞，意思是「在冬天」，需特別注意。本題動詞люблю後接受詞第四格，而名詞каникулы為複數形式，所以答案也應為複數第四格，要選 (В) зимние。

★ Я очень люблю *зимние* каникулы.

我非常喜歡寒假。

---

23. … ты звонишь по телефону?

選項：(А) кому (Б) кого (В) с кем (Г) о ком

分析：本題的關鍵是動詞звонишь。該原形動詞為звонить，完成體動詞為позвонить。動詞後接人為第三格，是間接受詞，所以答案應選 (А) кому。

★ *Кому* ты звонишь по телефону?

你在打電話給誰？

---

24. Москва – столица России. Мне очень нравится … город.

選項：(А) это (Б) этот (В) эта (Г) эти

分析：先看看四個選項。選項 (A) это有兩個用法，一是當「指示語氣詞」，做「這是、那是、這些是、那些是」解釋，例如Это Антон. 這是安東。另外一個用法則是當「指示代名詞」，做「這個」解釋，例如Антон любит это мороженое. 安東喜歡這個冰淇淋。如果作為「指示語氣詞」，則это不變格、並無性的差異；若是「指示代名詞」，則與其他代名詞一樣有性、數、格的變化。選項 (Б) этот為「指示代名詞」陽性、單數形式。選項 (В) эта為「指示代名詞」陰性、單數形式。選項 (Г) эти為「指示代名詞」複數形式。城市город為陽性名詞，所以指示代名詞也應為陽性，所以答案為 (Б) этот。

★ Москва – столица России. Мне очень нравится *этот* город.
莫斯科是俄羅斯首都。我非常喜歡這個城市。

---

25. Как Вас зовут? Назовите, пожалуйста, … имя.
選項：(А) ваш (Б) ваша (В) ваше (Г) ваши

分析：本題的關鍵詞是имя「名字」。要特別注意，名詞имя要看做是 –мя結尾的名詞，而非 –я結尾的名詞。名詞若以 –мя結尾，是中性名詞，而非陰性名詞。類似且常用的名詞還有время「時間」。所以答案必須是中性的物主代名詞，應選 (В) ваше。另外，動詞назовите是完成體動詞назвать的命令式，做「說出」解釋。

★ Как Вас зовут? Назовите, пожалуйста, *ваше* имя.
您貴姓大名？請說出您的名字。

26. У моего друга есть сестра. Я очень хочу познакомиться …

選項：(А) с ним (Б) с ней (В) с ними (Г) с нами

分析：本題的關鍵詞是動詞познакомиться「與…結識、熟悉」。動詞之後通常接前置詞с＋名詞第五格，例如Антон познакомился с Анной в Москве. 安東與安娜是在莫斯科認識的。本題需要結識的人是сестра「姊妹」，是陰性名詞，所以答案應選 (Б) с ней。

★ У моего друга есть сестра. Я очень хочу познакомиться *с ней.*
　我的朋友有個妹妹，我非常想認識她。

27. В воскресенье Владимир ходил …

選項：(А) дискотека (Б) на дискотеку (В) на дискотеке (Г) из дискотеки

分析：本題的關鍵詞是不定向移動動詞ходил。動詞之後通常接前置詞＋名詞第四格，在前面已經出現很多次。名詞дискотека的第四格為дискотеку，所以答案應選 (Б) на дискотеку。

★ В воскресенье Владимир ходил *на дискотеку.*
　星期天甫拉基米爾去跳舞。

28 Она рассказала, что учится …

選項：(А) институт (Б) из института (В) в институт (Г) в институте

分析：本題可參考第15-18題有關動詞учиться的解析。動詞учиться通常後面加表示「時間」或「地點」的詞組，用前置詞＋名詞第六格，所以答案應選 (Г) в институте。

★ Она рассказала, что учится *в институте.*
她說她在大學唸書。

> 29. Лена рассказала … об этом.
> 選項：(А) ним (Б) ней (В) ними (Г) нам

分析：本題的關鍵是完成體動詞рассказала。原形動詞是рассказать，未完成體動詞為рассказывать，後面可直接加名詞第四格，或是接前置詞 о＋名詞第六格來表示所「敘述」的事物。動詞後若接人則需用第三格，所以答案應選 (Г) нам。另外，選項 (Б) ней也是第三格，但是它必須用在前置詞之後，例如к ней，也就是說，陰性代名詞она的第三格為ей，如果在前置詞之後，必須加上一個子音字母н，變為ней。但是如果不是在前置詞之後，而是在一般動詞之後，則無需變動。試比較Антон рассказал ей об этом. 安東向她敘述這件事情；Вчера Антон ходил к ней в гости. 昨天安東去她家作客。相同的情形還有第三人稱單數陽性的он (ему - нему)，以及複數的они (им - ним)。

★ Лена рассказала *нам* об этом.
蓮娜跟我們敘述了這件事情。

30. Петя мечтает стать …

選項：(А) врача (Б) врачом (В) врач (Г) врачу

分析：本題的關鍵詞是動詞стать。該動詞是完成體動詞，而未完成體動詞是становиться，意思是「成為」，後面必須接名詞第五格，所以答案應選 (Б) врачом。

★ Петя мечтает стать *врачом*.

沛佳渴望成為一位醫師。

31. Он купил билеты …

選項：(А) на концерт (Б) на концерте (В) концерт (Г) с концерта

分析：本題的關鍵詞是名詞билеты「票」。該名詞之後應接前置詞＋名詞第四格，表示「甚麼樣的票」，而非我們可能已經根深蒂固的觀念用第二格來修飾билеты表示「從屬關係」。正確的說法應該是билет в кино「電影票」、билет на поезд「火車票」、билет на самолёт「機票」等等。本題應選 (А) на концерт。

★ Он купил билеты *на концерт*.

他買了演唱會的票。

32. Она сказала, что любит …

選項：(А) музыка (Б) музыки (В) музыку (Г) музыкой

分析：動詞любить為及物動詞，後接受詞第四格，為直接受詞，所以答案應選 (В) музыку。

★ Она сказала, что любит *музыку.*

她說她喜歡音樂。

---

33. Молодые люди пошли гулять …
選項：(А) по городу (Б) о городе (В) из города (Г) городом

分析：本題的關鍵是動詞гулять。動詞之後可接前置詞 по＋名詞第三格，或是前置詞＋名詞第六格，例如Антон гуляет по магазинам. 安東在逛街；Антон гуляет в парке. 安東在公園散步。本題答案應選 (А) по городу。請注意，動詞гулять切忌只翻譯成「散步」，在很多的情形之中，動詞應譯為「玩耍、遊玩、消磨時光」等。

★ Молодые люди пошли гулять *по городу.*

年輕人前往城市遊玩。

---

34. Он пригласил … в кино.
選項：(А) Алёна (Б) Алёну (В) Алёной (Г) Алёне

分析：本題的關鍵是動詞пригласил。該動詞是完成體動詞，未完成體動詞為приглашать，為及物動詞，之後接受詞第四格，是「邀請」的意思。另外要注意的是，動詞之後除了受詞之外，另接前置詞＋名詞第四格，表示「移動、去何處」的意思，例如Антон пригласил меня на свой день рождения. 安東邀請我去參加他的生日派對。本題答案應選 (Б) Алёну。

★ Он пригласил *Алёну* в кино.

他邀請阿琉娜去看電影。

35. Мой друг познакомился …

選項：(А) с девушкой (Б) о девушке (В) девушки (Г) девушку

分析：本題的關鍵是動詞познакомился。該動詞是完成體動詞，原
　　　形動詞為познакомиться，而未完成體動詞為знакомиться，
　　　是「與人結識、熟識某事物」的意思。動詞之後通常接前置
　　　詞 c＋名詞第五格，另可參考第26題的解說。本題答案應選
　　　(А) с девушкой。

★ Мой друг познакомился *с девушкой.*
　　我的朋友認識了一個女孩。

36. Моя мама - …

選項：(А) химик (Б) химиком (В) химика (Г) химику

分析：本題考「同謂語」的概念。在破折號「—」的前後通常是
　　　「同謂語」，也就是說，前後的詞性相同，如為名詞，則
　　　性、數、格應一致。本題моя мама是第一格，所以右邊的答
　　　案也應為第一格，所以應選 (А) химик。

★ Моя мама - *химик.*
　　我的媽媽是一位化學家。

37. Около моего дома есть … парк.

選項：(А) старый (Б) старая (В) старое (Г) старые

分析：本題的關鍵詞是名詞парк「公園」。名詞парк是單數的陽性
　　　名詞，所以修飾它的形容詞也應為單數的陽性形容詞，答案
　　　應選 (А) старый。

★ Около моего дома есть *старый* парк.

在我家附近有一個老公園。

38. Я часто хожу в это … кафе.

選項：(А) маленький (Б) маленькую (В) маленькое (Г) маленькие

分析：本題考的重點與上題相同。名詞кафе「咖啡廳、小餐館」是單數的中性名詞，是外來語。因為是中性的外來語，所以不變格，與такси、фото等中性名詞情況相同。值得注意的是，母音字母е在此的發音為「э」。名詞前有形容詞來修飾名詞，自然也應為中性的形容詞，所以答案應選 (В) маленькое。

★ Я часто хожу в это *маленькое* кафе.

我常常來這家小餐館。

39. Я не знаю, что подарить …

選項：(А) подруге (Б) подруга (В) подругой (Г) подруги

分析：本題的重點是動詞подарить。該動詞的未完成體為дарить，是「贈送」的意思，後接人須用第三格、接物要用第四格，例如Антон подарил Анне жёлтые цветы. 安東送了一些黃色的花給安娜。本題答案應選 (А) подруге。

★ Я не знаю, что подарить *подруге*.

我不知道要送甚麼給朋友。

40. Я позвоню … вечером.

選項：(А) Наташа (Б) Наташу (В) Наташе (Г) Наташей

分析：本題的關鍵是動詞позвоню。該動詞的未完成體為звонить，是「打電話」的意思，後接人須用第三格，請參考第23題的解說。另外，如果打電話的對象不是人，而是地點，則須用前置詞＋地點第四格或相關副詞，例如Антон позвонил в библиотеку. 安東打了個電話到圖書館；Антон часто звонит домой. 安東常常打電話回家。本題答案應選 (В) Наташе。

★ Я позвоню *Наташе* вечером.
　 我晚上會打個電話給娜塔莎。

41. Я ещё не играл … в теннис.

選項：(А) Наташа (Б) Наташу (В) Наташе (Г) с Наташей

分析：本題的關鍵是句子的意思。主詞是я，動詞是играл в теннис「打網球」，所以依照句意應該選 (Г) с Наташей，表示是「與某人」之意。

★ Я ещё не играл с *Наташей* в теннис.
　 我還沒有跟娜塔莎打過網球。

42. Я люблю приходить в … со своими друзьями.

選項：(А) молодёжный клуб (Б) молодёжного клуба (В) молодёжному клубу (Г) молодёжным клубом

分析：本題的關鍵是移動動詞приходить。動詞的意思為「來到」，後接前置詞＋名詞第四格，所以應該選 （А） молодёжный клуб。

★ Я люблю приходить в *молодёжный клуб* со своими друзьями.

我喜歡跟朋友來年輕人俱樂部。

---

43. В парке работают … аттракционы.

選項：(А) большой (Б) большая (В) большое (Г) большие

分析：本題的關鍵詞是аттракционы。名詞аттракцион是「遊樂設
　　　施、娛樂設備」的意思，多用複數形式。考生或許不曾看過
　　　本單詞，但是卻不影響作答，因為我們雖然不知道該單詞，
　　　可是我們應該依照詞尾可以判斷該單詞應該是複數的形式。
　　　如果無法判斷其為複數形式，那麼從動詞работают也可以得
　　　知主詞應該第三人稱複數，所以修飾名詞的形容詞應該選複
　　　數的 (Г) большие。

★ В парке работают *большие* аттракционы.

公園有大型的遊樂設施。

---

44. Эта девушка очень нравится …

選項：(А) Владимир (Б) Владимира (В) с Владимиром (Г)
　　　Владимиру

分析：本題的關鍵詞是動詞нравится 。該動詞的原形是
　　　нравиться，為未完成體，其完成體動詞為понравиться，意
　　　思是「喜歡」。表示主動喜歡某人或某物的生命體要用第三
　　　格，是「主體」；而被喜歡的人或物則用第一格，才是「主
　　　詞」，必須特別注意。在本句中，詞組эта девушка是第一
　　　格，所以答案必須選第三格的 (Г) Владимиру。

★ Эта девушка очень нравится *Владимиру.*

甫拉基米爾非常喜歡這個女孩。

45. Сколько стоит …?

選項：(А) этот букет цветов (Б) этого букета цветов (В) с этим букетом цветов (Г) этому букету цветов

分析：本題是基本句型，考生應該掌握。疑問詞сколько＋стоит （單數）或 стоят（複數）是「多少錢」的意思，後面接的名詞為第一格，單數或複數皆可。值得注意的是，名詞цветы的單數形式是цветок，意思是「花」。本題應選 (А) этот букет цветов。

★ Сколько стоит *этот букет цветов*?
   這束花多少錢？

46. Я предлагаю выпить Вам …

選項：(А) сок (Б) соком (В) с соком (Г) без сока

分析：本題的關鍵詞是動詞выпить。該動詞的未完成體是пить，意思是「喝」，後接受詞第四格，所以本題應選 (А) сок。

★ Я предлагаю выпить Вам *сок.*
   我給您喝點果汁。

47. Что тебе понравилось …?

選項：(А) в клуб (Б) в клубе (В) из клуба (Г) от клуба

分析：本題的關鍵是句意。動詞是понравилось，所以第一格的 что是主詞，是「被喜歡」的，而喜歡的「主體」是第三格тебе。選項 (А) в клуб是前置詞＋第四格，理應有移動動詞做搭配，但是沒有移動動詞，所以不是答案。選項

（Б) в клубе是前置詞＋第六格，表示「靜態的地點」，就是
答案。

★ Что тебе понравилось *в клубе*?
在俱樂部有甚麼讓你喜歡的？

48. Я очень хочу поехать на экскурсию …
選項：(А) в Париже (Б) в Париж (В) из Парижа (Г) от Парижа

分析：本題的關鍵詞是移動動詞поехать。移動動詞後通常接前置
詞＋名詞第四格，表示「動態」的移動。本句動詞後有前
置詞 на＋экскурсию，意思是「去旅遊」，後面緊接著是城
市，所以應該也是前置詞＋城市第四格，應選 (Б) в Париж。

★ Я очень хочу поехать на экскурсию *в Париж*.
我非常想去巴黎旅行。

49. Моя подруга занимается …
選項：(А) физика (Б) физике (В) физикой (Г) физики

分析：本題的關鍵詞是動詞занимается。該動詞原形為заниматься，
意思是「從事…」，後接名詞第五格，例如заниматья
спортом是「運動」，заниматься русским языком是「研讀俄
文」的意思。如果後面不加名詞第五格，則大多作「念書、
用功」解釋，例如Антон любит заниматься в библиотеке. 安
東喜歡在圖書館自修。本題答案應選 (В) физикой。

★ Моя подруга занимается *физикой*.
我的朋友在學物理。

50. Лев Толстой? Я знаю …

選項：(А) этот писатель (Б) этому писателю (В) этого писателя

(Г) этим писателем

分析：選項 (А) этот писатель 是第一格，當主詞，意思是「這位作家」。選項 (Б) этому писателю 是第三格，為間接受詞。選項 (В) этого писателя 是第二格或第四格。第二格可作為否定或是若干動詞之後連用，而第四格則作為直接受詞。選項 (Г) этим писателем 為第五格。本句的動詞 знаю 為及物動詞，後應接名詞第四格，所以答案應選 (В) этого писателя。

★ Лев Толстой? Я знаю *этого писателя.*

列夫托爾斯泰？我知道這位作家。

51. Всем нравится …

選項：(А) наш преподаватель (Б) нашего преподавателя (В) нашим преподавателем (Г) нашему преподавателю

分析：有關動詞 нравиться 的題目已經做過許多，再說一次。「被喜歡」的人或物為第一格，而「主動喜歡」的生命體為第三格，請留意。句中 всем 是代名詞 все 的第三格，是主動喜歡的生命體，所以被喜歡的是第一格，應該選擇選項 (А) наш преподаватель。

★ Всем нравится *наш преподаватель.*

所有的人都喜歡我們的老師。

52. У меня три …
選項：(А) сестёр (Б) сестра (В) сестры (Г) сёстры

分析：數量與名詞的變格是必考題。數詞1用單數第一格，例如 один стол、одна книга。數量2至4用單數第二格，例如два брата「兩個兄弟」、три книги「三本書」。數量5（含以上）用複數第二格，例如пять окон「五扇窗」、двенадцать стульев「十二張椅子」、сто пятьдесят рублей「一百五十盧布」。本題為三個姊妹，所以應選單數第二格的答案 (В) сестры。

★ У меня три *сестры*.

　　我有三個姊妹。

53. В нашем городе много …
選項：(А) театр (Б) театры (В) театров (Г) театрам

分析：數詞много與數量數詞不同，但是後接名詞時也必須變格。數詞много之後如果是「可數名詞」，則須接複數第二格，例如много столов「很多桌子」、много книг「很多書」、много окон「很多窗戶」。如果數詞後的名詞為「不可數名詞」，則應接單數第二格，例如много снега「很多雪」、много воды「很多水」、много времени「很多時間」。本題的答案是театр「劇院」，為可數名詞，所以應選 (В) театров。

★ В нашем городе много *театров*.

　　我們城市中有許多劇院。

54. Мы купили сувениры …

選項：(А) в пятницу (Б) с пятницы (В) до пятницы (Г) пятница

分析：本題的重點是句子的意思。主詞是мы，動詞是купили，動詞後為受詞第四格сувениры，而答案要的是「時間」。我們要知道，表示「在星期幾」的用法是前置詞 + 星期第四格，所以應選 (А) в пятницу。

★ Мы купили сувениры *в пятницу.*
我們在星期五買了紀念品。

55. В Москве … много снега и можно кататься на лыжах.

選項：(А) зима (Б) зимний (В) зимние (Г) зимой

分析：選項 (А) зима是陰性名詞第一格，當主詞，意思是「冬天」。選項 (Б) зимний 與 (В) зимние是「冬天」的形容詞陽性及複數形式，形容名詞。選項 (Г) зимой是зима的第五格形式，當作副詞使用。本句為無人稱句，並無主詞。根據句意，答案缺乏的就是表示「時間」的副詞，所以應選 (Г) зимой。

★ В Москве *зимой* много снега и можно кататься на лыжах.
莫斯科在冬天下很多雪，所以可以滑雪。

56. Завтра … будет интересная экскурсия.

選項：(А) к нам (Б) от нас (В) о нас (Г) у нас

分析：這又是標準句型題：у кого (есть) ＋名詞第一格，表示「某人有某物」；у кого нет＋名詞第二格，表示「某人沒有某物」。本句中的時態為未來式，所以BE動詞不能省略，而

後為單數形容詞＋名詞，所以動詞用單數будет。答案應選
(Г) у нас。

★ Завтра *у нас* будет интересная экскурсия.
　明天我們會有個有趣的旅遊。

57. Мой друг часто помогает ... в учёбе.
選項：(А) я (Б) меня (В) мне (Г) со мной

分析：本題的關鍵詞是動詞помогает。該動詞的原形是помогать，
　　　為未完成體動詞，而完成體的動詞是помочь，意思是「幫
　　　助」。動詞後接人用第三格。若為了表示在「某方面」幫助
　　　某人的話，則用前置詞в＋名詞第六格。本題答案應選人稱
　　　代名詞第三格 (В) мне。

★ Мой друг часто помогает *мне* в учёбе.
　我的朋友常常在學業上幫助我。

58. Иногда мы ... занимаемся вместе.
選項：(А) друг (Б) другу (В) от друга (Г) с другом

分析：本題的主詞是мы，動詞是занимаемся，另有時間副詞
　　　иногда與副詞вместе。主詞有了，所以不能再選主詞，所以
　　　選項 (А) друг不考慮。選項 (Б) другу是第三格，應為動詞
　　　後受詞，但是本句並無相對應的動詞，也不能選。根據句
　　　意，本題答案應選 (Г) с другом，表示「與朋友」。但是要
　　　注意，詞組мы с другом不要翻譯為「我們與朋友」，而是
　　　「我與朋友」。「我們與朋友」的俄文是藉用連接詞и，而
　　　非前置詞с，所以應為мы и друг。

★ Иногда мы *с другом* занимаемся вместе.

我跟朋友有時候一起念書。

> **59. У меня есть подруга, ... 21 год.**
> 選項：(А) её (Б) ей (В) у неё (Г) о ней

分析：本題的關鍵詞是год「年」。依照句子的意思，這裡的21 год
指的是「年紀」，所以我們知道，表示一個人的年紀或是
一個物體的歷史，是「無人稱句」，要用第三格，而非第
一格，例如Антону 18 лет. 安東18歲；Этому музею уже 123
года. 這個博物館已經123年了。名詞подруга是陰性，所以
其人身代名詞的第三格為 (Б) ей。

★ У меня есть подруга, *ей* 21 год.

我有一個朋友，她21歲。

> **60. Мы отдыхали в Лондоне ...**
> 選項：(А) месяц (Б) месяца (В) месяцев (Г) месяцем

分析：本題的關鍵是時間的用法。俄語表示「花了多少時間」通常
不用前置詞，而是直接用名詞第四格，例如Антон живёт на
Тайване уже 3 года. 安東住在台灣已經3年了。數詞3 (три)
就是第四格，而года接在3之後是單數第二格。名詞месяц
是陽性且無生命，所以第四格與第一格相同，答案是 (А)
месяц。

★ Мы отдыхали в Лондоне *месяц*.

我們在倫敦度假一個月。

61. Мы летели на самолёте 5 …

選項：(А) час (Б) часы (В) часов (Г) часа

分析：本題與第52題類似，也是考數詞接名詞的用法。名詞час「小時」是可數名詞，所以接在數詞5之後要用複數第二格，答案是 (В) часов。

★ Мы летели на самолёте 5 *часов*.

　我們在機上飛行了5個小時。

62. Маша живёт в этом доме уже два …

選項：(А) год (Б) лет (В) года (Г) годом

分析：也是考數詞接名詞的用法。名詞год「年」是可數名詞，所以接在數詞2之後要用單數第二格，答案是 (В) года。

★ Маша живёт в этом доме уже два *года*.

　瑪莎住在這間房子已經二年了。

63. Я люблю читать … Чехова.

選項：(А) рассказов (Б) рассказы (В) рассказам (Г) рассказами

分析：本題的關鍵詞是動詞читать。動詞читать是未完成體動詞，完成體動詞是прочитать、почитать等，是「讀、閱讀」的意思，為及物動詞，後接受詞第四格，例如Антон читает только детективы. 安東只讀偵探小說。名詞детективы 是複數第四格，所以答案要選 (Б) рассказы。

★ Я люблю читать *рассказы* Чехова.

　我喜歡讀契科夫的短篇小說。

64. Вы поедете в театр … ?

選項：(А) автобус (Б) автобуса (В) на автобусе (Г) в автобусе

分析：本題的關鍵詞是動詞поедете。動詞поедете是定向的移動動詞，為表示未來時態的完成體動詞，後接前置詞＋地點第四格，表示「移動」的動作。如果後面還要接「交通工具」表達搭乘此交通工具前往某處，則需用前置詞на＋交通工具第六格，例如Антон едет в университет на метро. 安東搭地鐵去大學。請注意，如果並沒有強調或出現移動動詞表示前往某處，只是要表明所處的地點，則可用前置詞в＋地點第六格，例如Антон встретил Анну в метро. 安東在捷運遇到安娜。本題有前往的地點в театр，所以應選 (В) на автобусе。

★ Вы поедете в театр *на автобусе*?
　　你們是要搭公車去劇院嗎？

65. Я не люблю …

選項：(А) этого соуса (Б) этот соус (В) этому соусу (Г) этим соусом

分析：本題的關鍵詞是動詞люблю。動詞люблю是未完成體的及物動詞，原形動詞為любить，為「喜歡、愛」的意思。它是及物動詞，後接受詞第四格或原形動詞，例如Антон любит Анну. 安東愛安娜；Антон любит читать. 安東喜歡閱讀。但是如果及物動詞之前有否定小品詞не，則後所接的受詞宜用第二格，而非第四格。但在現代俄語中，雖為否定，但是及物動詞後的名詞第四格仍廣泛用在「口語」中，所以答案可選擇 (А) этого соуса 或 (Б) этот соус。

★ Я не люблю *этот соус.*

我不喜歡這個醬料。

---

66. Я …, что Париж красивый город.
選項：(А) могу (Б) хочу (В) знаю

分析：本題考詞意。選項 (А) могу 的原形動詞是мочь，意思是
「能夠」，後可接原形動詞，例如Я могу помочь тебе. 我
可以幫助你。選項 (Б) хочу的原形動詞是хотеть，意思是
「想、想要」，後可接原形動詞，例如Я хочу помочь тебе.
我想幫助你。選項 (В) знаю的原形動詞是знать，意思是
「知道、認識」，後可接受詞或副句，例如Я знаю тебя. 我
認識你；Антон знает, что завтра у нас будет экзамен. 安東
知道我們明天有個考試。本題依據詞意與句意必須選 (В)
знаю。

★ Я *знаю*, что Париж красивый город.

我知道巴黎是個漂亮的城市。

---

67. Сергею очень … современная музыка.
選項：(А) любит (Б) нравится (В) понравится

分析：本題又是нравиться相關的考題。句中有動詞нравиться「喜
歡」的時候，主動的人用第三格，而被喜歡的人或物用第一
格。相關解說請參考第4、44、47、51題的解析。本題的人
為Сергею是Сергей的第三格，而物是современная музыка第
一格，合乎解析。句子的陳述是一件現在的事實，所以應選
現在式，而非未來式，答案是 (Б) нравится。

★ Сергею очень *нравится* современная музыка.

謝爾蓋非常喜歡現代音樂。

68. Андрей … нам о Петербурге.
選項：(А) сказал (Б) спросил (В) рассказал

分析：本題是詞意題。選項 (А) сказал的原形動詞是сказать，意思是「告訴」，後接人第三格，之後加副句，例如Антон сказал, что завтра будет дождь. 安東說明天會下雨。選項 (Б) спросил的原形動詞是спросить，意思是「問」，後可接人第四格，之後接副句，例如Антон спросил меня, почему я изучаю русский язык. 安東問我為什麼我學俄文。請注意，該動詞是完成體，其未完成體是спрашивать。而動詞 просить / попросить與上述動詞詞意類似，但為「請求」之意，不可混淆，例如Антон попросил меня купить ему тетрадь. 安東請我幫他買一本筆記本。選項 (В) рассказал的原形動詞是рассказать，意思是「敘述、描述」，後可接人第三格，之後可直接接名詞第四格或是接前置詞 о＋名詞第六格。本題依據詞意與句意必須選 (В) рассказал。

★ Андрей *рассказал* нам о Петербурге.

安德烈向我們描述了彼得堡。

69. Завтра у моей сестры день рождения. Я … ей красивые цветы.
選項：(А) дарил (Б) подарю (В) подарил

分析：本題是考時態，而關鍵在第一句的句意。該句的關鍵詞是時間副詞завтра「明天」，所以延伸到第二句的動詞自然就是要用未來式。選項 (Б) подарю的原形動詞為подарить，是完

成體動詞。在此為第一人稱單數的變位，表未來式，就是答案。而選項 (Б) подарил 是過去式。選項 (А) дарил 則是未完成體動詞，也是過去式。

★ Завтра у моей сестры день рождения. *Я подарю* ей красивые цветы.

明天我的姊姊過生日，我要送她美麗的花。

---

70. Антон изучает французский язык 2 года и уже хорошо … по-французски.
選項：(А) понимает (Б) понимал (В) понял

分析：本題與前題類似，也是考時態。句子的主詞是Антон，動詞是изучает。動詞是未完成體的現在式，所以後面動詞的時態必須與изучает一致，才合乎邏輯。本題應選 (А) понимает。

★ Антон изучает французский язык 2 года и уже хорошо *понимает* по-французски.

安東學了兩年法文，所以現在法文已經懂得不錯了。

---

71. Мой брат любит технику. Он уже …, что будет инженером.
選項：(А) решает (Б) решал (В) решил

分析：本題與前兩題類似，是考時態，同時也是考句意。第一句的主詞是мой брат，動詞是любит，受詞為第四格технику。第二句是複合句，主句的動詞是要選的答案，而副句的動詞是BE動詞未來式будет，後接名詞第五格инженером。依照句意，主詞喜愛機械，所以決定成為工程師。動作「決定」在

此是指一次性的動作，決定好了就是決定好了，並不是未
完成體的「反覆」決定。而決定了也是指過去時間的一瞬
間動作，所以要用完成體動詞的過去式。本題答案應選 (B)
решил。

★ Мой брат любит технику. Он уже *решил,* что будет инженером.
我的哥哥喜愛機械，他已經決定要當個工程師。

72. Я сказал родителям, что … им завтра.
選項：(A) звоню (Б) позвоню (В) позвонил

分析：本題還是時態題。時間副詞завтра告訴我們動詞要用未來
式，而三個選項當中只有第二個選項的動詞是未來式，所以
必須選 (Б) позвоню。

★ Я сказал родителям, что *позвоню* им завтра.
我告訴父母親說我明天會打電話給他們。

73. Мой отец каждый день … новости по телевизору.
選項：(A) смотрит (Б) посмотрит (В) посмотрел

分析：本題是時態題，也是考動詞體的題目。句中有頻率副詞
如часто、иногда、всегда等，或是類似頻率副詞的詞組如
каждое утро、раз в год、два часа в неделю等，動詞需用未
完成體動詞，表達動作的「持續性」、「反覆性」。本題有
каждый день「每天」，所以答案應選 (A) смотрит。

★ Мой отец каждый день *смотрит* новости по телевизору.
我的父親每天看電視新聞。

74. Недавно я … новый музыкальный диск.

選項：(А) покупаю (Б) куплю (В) купил

分析：時間副詞недавно是本題關鍵。時間副詞недавно是「不久之前」的意思，所以依照詞意，與其搭配的動詞應該是過去式，且為完成體動詞，表達過去時間中的一瞬間所完成的行為。本題應選 (В) купил。

★ Недавно я *купил* новый музыкальный диск.
不久前我買了一片新的音樂光碟。

75. Наташа долго … по телефону с подругой.

選項：(А) сказала (Б) говорила (В) скажет

分析：時間副詞долго是本題關鍵。時間副詞долго是「許久」的意思。句中若有時間副詞долго，則搭配的動詞應該是未完成體，才能表達「持續性」、「強調過程」的動作，而非完成體「一次性」、「強調結果」的意思。本題應選 (Б) говорила。

★ Наташа долго *говорила* по телефону с подругой.
娜塔莎跟朋友講了很久的電話。

76. Я уже … новые стихи.

選項：(А) выучу (Б) выучил (В) буду учить

分析：選項 (А) выучу是完成體動詞的未來式，原形動詞為выучить，意思是「學會」，而未完成體動詞為учить。選項 (Б) выучил為過去式。選項 (В) буду учить為複合型的未來

式。句中的副詞уже已經告訴了我們答案。副詞уже是「已經」的意思，表示過去的時間，所以句中若有副詞уже，則搭配的動詞應該是過去式。本題應選 (Б) выучил。

★ Я уже *выучил* новые стихи.
我已經學會了新詩。

77. Молодые люди любят … в кафе.
選項：(A) отдыхать (Б) отдыхают (В) отдохнут

分析：本題為送分題，因為動詞後любят後應接原形動詞。但是我們不妨分析一下動詞любить之後動詞的體。動詞любить是「喜歡、愛」的意思，後面可接受詞第四格或是原形動詞。如接原形動詞，則須用未完成體動詞，表示「反覆性」的動作，才合乎邏輯。本題應選 (A) отдыхать。

★ Молодые люди любят *отдыхать* в кафе.
年輕人喜歡在咖啡廳打發時間。

78. Завтра воскресенье. Я целый день … детективы.
選項：(A) читаю (Б) читал (В) буду читать

分析：依據上下文，因為有個時間副詞завтра「明天」，所以本題的答案動詞應用未來式，要選複合型的未來式 (В) буду читать。

★ Завтра воскресенье. Я целый день *буду читать* детективы.
明天是星期天，我整天將要看偵探小說。

79. Виктор – мой друг. Я ... с ним на дискотеке.

選項：(A) познакомилась (Б) познакомлюсь (В) знакомилась

分析：依據上下文，主角與Виктор已經是朋友了，所以他們應
　　　該是在過去的時間「認識」的。而認識就是認識了，不
　　　會反覆地認識，所以要用完成體動詞的過去式，應選 (A)
　　　познакомилась。

★ Виктор – мой друг. Я *познакомилась* с ним на дискотеке.
　 維克多是我的朋友，我跟他在舞廳認識的。

80. Раньше наша семья каждый год ... отдыхать в деревню на
машине.

選項：(A) ездила (Б) поедет (В) ходила

分析：本題有兩個關鍵詞：раньше與каждый год。詞組каждый год
　　　之前分析過，與句中的動詞連用時，動詞要用未完成體，若
　　　是移動動詞，則用不定向的移動動詞，表示動作的「重複
　　　性」。而副詞раньше「以前」則告訴我們動作是以前反覆
　　　發生的，所以動詞要用過去式。另外詞組на машине也曾經
　　　分析過，是前置詞на＋交通工具的第六格，表示「搭乘交通
　　　工具去某處」。合乎這些條件的答案選項是 (A) ездила。

★ Раньше наша семья каждый год *ездила* отдыхать в деревню на
　 машине.
　 以前每年我們家人開車去鄉下渡假。

81. В этом году мы решили … на поезде на юг.

選項：(А) пойти (Б) поехать (В) ездить

分析：接續上題。「以前每年我們家人開車去鄉下渡假」，而今年呢，大家決定了搭火車去南部。動詞是完成體動詞過去式решили，因為決定了就是決定了，表示「一次性」，所以用完成體。而今年去南部表示一個動作的開始，同時也不是「反覆去」的動作；另外是搭乘火車，所以要用表示搭乘交通工具的移動動詞。合乎這些條件的答案選項是 (Б) поехать。

★ В этом году мы решили *поехать* на поезде на юг.

今年我們決定搭火車去南部。

82. Мы … на поезде два дня и мечтали о тёплом море.

選項：(А) ехали (Б) ходили (В) ездили

分析：接續上題。大家搭上了火車，一搭就是兩天。請注意，два дня 之前並無前置詞，是表示「一段時間」。之後有連接詞и連接另一個句子。所以這「一段時間」是一個「持續」的動作，而且是一個「定向」的動作，表示「一邊乘車，一邊渴望著」。順道一提，兩個未完成體動詞在句中的意思是，一個動作是另外一個動作的背景。答案要選 (А) ехали。

★ Мы *ехали* на поезде два дня и мечтали о тёплом море.

我們火車坐了兩天並且盼望著溫暖的海洋。

83. Каждый день мы … на море. Там мы купались и загорали.

選項：(А) будем ходить (Б) ходили (В) пойдём

分析：接續上題。看到表示「反覆動作」的詞組каждый день，我
們應該無須再猶豫，就是要選一個不定向的移動動詞就對
了。而第二句的過去式動詞引導我們應該選的答案也是動詞
的過去式。本題答案為 (Б) ходили。

★ Каждый день мы *ходили* на море. Там мы купались и загорали.
我們每天去海邊，在那裏我們玩水、曬太陽。

84. Днём мы часто … на автобусе на экукурсии. А вечером
гуляли в паркс и сидели в летнем кафе.

選項：(А) ездили (Б) едем (В) поедем

分析：接續上題。根據上下文，這是過去活動的回顧：гуляли в
паркe與сидели в летнем кафе。所以答案必然也是一個過去
式時態的動詞。另外，頻率副詞часто與詞組на автобусе告
訴我們，動詞還必須是不定向、需要交通工具的移動動詞，
表達「重複性、反覆」的意義，所以答案應選 (А) ездили。

★ Днём мы часто *ездили* на автобусе на экскурсии. А вечером
гуляли в парке и сидели в летнем кафе.
白天我們常常搭巴士去遊覽，而晚上則在公園散步，也在夏日
咖啡座打發時間。

85. Нам очень понравилось отдыхать на море. Мы решили, что обязательно … туда ещё раз.

選項：(А) пойдём (Б) поехали (В) приедем

分析：接續上題。本題的關鍵詞是句子的意思。一家人很滿意度假的成果，所以「決定」未來再次回到度假的地方。雖然句中沒有「未來」相關的字眼，但是根據句意應該是個將來的計畫。另外，一路解題下來我們也知道他們度假是「搭火車」到南部，所以答案應選有交通工具的 (А) приедем。

★ Нам очень понравилось отдыхать на море. Мы решили, что обязательно *приедем* туда ещё раз.

我們非常喜歡在海邊度假，我們決定了一定還要再次回到那裏。

86. Мы … из поезда, сели на автобус и поехали домой.

選項：(А) вышли (Б) вошли (В) пошли

分析：本題是詞彙題。選項 (А) вышли的原形動詞是выйти，意思是從一個空間「離開」，後面通常接前置詞из或с＋名詞第二格，例如Антон вышел из дома в 7 часов. 安東七點離開家門。選項 (Б) вошли的原形動詞是войти，意思恰巧與выйти相反，是「進入」某一個空間的意思，後接前置詞в或на＋名詞第四格，例如Антон вошёл в аудиторию в 8 часов. 安東在八點進入了教室。選項 (В) пошли，的原形動詞是пойти，意思是開始「走」，後面通常接前置詞в或на＋名詞第四格，例如Антон пошёл на почту. 安東去郵局。本題應選 (А) вышли。

★ Мы *вышли* из поезда, сели на автобус и поехали домой.

我們下了火車，坐上了巴士，然後啟程回家。

> **87. Мама! … сюда!**
> 選項：(А) Иди (Б) Ходи

分析：本題是詞彙題。選項 (А) Иди與選項 (Б) Ходи的原形動詞分別是идти與ходить，意思是「走」，不同的是，идти為「定向移動動詞」，而ходить為「不定向移動動詞」。動詞後面通常接前置詞в或на＋名詞第四格。此處用地方副詞сюда「到這來」取代前置詞в或на＋名詞第四格。副詞сюда「到這來」是一個定向的移動，所以本題應選 (А) Иди。

★ Мама! *Иди* сюда!

媽，過來！

> **88. Этот магазин рядом с домом, мы … туда пешком!**
> 選項：(А) идём (Б) ходим (В) ездим

分析：本題是詞彙題。前一題的關鍵詞是сюда，而本題的關鍵則是туда「去那裡」。與сюда一樣，地方副詞туда指的也是定向的移動，所以需與定向的移動動詞搭配，選項中只有 (А) идём是定向的移動動詞，是答案。

★ Этот магазин рядом с домом, мы *идём* туда пешком!

這家商店在家旁邊，我們用走路的去那裡。

89. Давайте … в кино!
選項：(А) идём (Б) пойдём (В) едем

分析：本題是詞彙題，也是慣用語。動詞命令式давайте是從давать
而來，通常它與未完成體原形動詞或動詞的未來式第一人稱
複數連用，表示邀請對方共同做某事，是「讓我們 … 吧、
我們來 … 吧」的意思。前一題的關鍵詞是сюда，而本題的
關鍵則是туда「去那裏」。本題應選 (А) пойдём。

★ Давайте *пойдём* в кино!
我們去看電影吧！

90. Куда ты сейчас … ?
選項：(А) ходишь (Б) идёшь (В) ездишь

分析：想想句子的意思。疑問詞куда是「去哪裡」的意思，所以表
達的是定向的移動方向。另外有時間副詞сейчас「現在」的
配合，所以應該要選一個定向的移動動詞才合理，才有邏
輯。如果選不定向的移動動詞，那麼對方「現在」的移動方
向是來來回回，我們又怎麼能對他提出這個問題呢，所以答
案是 (Б) идёшь。

★ Куда ты сейчас *идёшь*?
你去哪裡？

91. Я очень люблю заниматься спортом, … моя подруга не любит.
選項：(А) а (Б) или (В) и (Г) тоже

分析：以下各題考詞意及句意。選項 (A) a是連接詞，有「但是、可是、卻、則」的意思，表達前後的對比，例如Антон обычно гуляет в парке, а не в саду. 安東通常在公園散步，而不是在花園。值得注意的是，這個對比的意義是用在句子前後主詞一致的時候，如果本例句的Антон。如果前後主詞不一致，連接詞用но「但是」才適當，例如Антон любит Анну, но она не знает об этом. 安東愛安娜，但是安娜不知道。選項 (Б) или也是連接詞，是「或是」的意思，例如Ты похож на маму или на папу? 你長得像媽媽或爸爸？選項 (B) и是連接詞，是「和、與、接著、於是」等等的意思，請參考辭典。選項 (Г) тоже是連接詞，也是副詞，是「也、也是」的意思，例如Антон пришёл, Иван тоже пришёл. 安東來了，伊凡也來了。依據句意，前後兩位主詞的行為有對比之意，所以答案應選 (A) a。

★ Я очень люблю заниматься спортом, *а* моя подруга не любит.
我非常喜歡運動，而我的朋友卻不喜歡。

92. Мне нравится плавать, ... я каждый день хожу в бассейн.
選項：(A) потому что (Б) поэтому (B) когда (Г) но

分析：選項 (A) потому что是「因為」的意思，表達陳述事情的「原因」，例如Антон любит гулять в парке, потому что там очень красиво. 安東喜歡在公園散步，因為公園很漂亮。選項 (Б) поэтому是「所以」的意思，表達陳述事情的「結果」，例如Антон много занимается русским языком, поэтому он очень хорошо понимает по-русски. 安東很努力地讀俄文，所以他俄文懂得很多。選項 (B) когда是「何時」的意思。選項 (Г) но可參考前一題的解析。本題的後句是「結果」，所以答案應選 (Б) поэтому。

★ Мне нравится плавать, *поэтому* я каждый день хожу в бассейн.

我喜歡游泳，所以我每天去游池報到。

> 93. Я всегда приглашаю свою подругу, … она не хочет плавать со
>   мной.
> 選項：(А) тоже (Б) что (В) но (Г) и

分析：選項中除了 (Б) 以外，其他在前兩題中都已經詳細分析。單
　　　詞что的用法很多，可當「疑問詞」，例如Что делает Антон?
　　　安東現在在做甚麼？可當「關係代名詞」，例如Скажите,
　　　что у Вас болит. 請告訴我，您哪裡不舒服。或是當「連接
　　　詞」，例如Антон знает, что завтра будет экзамен. 安東知道
　　　明天有個考試。根據句意，前文與後句是一種「對比」的意
　　　思，所以應選 (В) но。

★ Я всегда приглашаю свою подругу, *но* она не хочет плавать со
мной.

我總是邀請朋友，但是她並不想跟我一起游泳。

> 94. Она думает, что она может заболеть, … вода в бассейне очень
>   холодная.
> 選項：(А) потому что (Б) поэтому (В) тоже (Г) а

分析：所有的選項我們在上面三題都以分析過，請考生參考。根
　　　據句意，前後兩句應該是「因果關係」，所以我們應選 (А)
　　　потому что。

★ Она думает, что она может заболеть, *потому что* вода в бассейне
очень холодная.

她認為她會生病，因為游泳池的水很冷。

95. Вчера я сказал ей, «... ты не будешь заниматься спортом, ты обязательно заболеешь!».

選項：(А) как (Б) когда (В) если (Г) потому что

分析：選項 (А) как的用法很多，請考生自行參考辭典。我們比較熟悉的不外乎是該單詞當成「疑問詞」使用，例如Как зовут твоего друга? 你的朋友叫甚麼名字？或是「關係副詞」，例如Антон знает, как доехать до центра. 安東知道怎麼去市中心。選項 (В) если是連接詞，意思是「如果」，表達「條件、原因」，例如Если Антон придёт, я куплю ему мороженое. 安東如果來的話，我給他買冰淇淋。根據句子的意思，前後有「條件、原因」的成分，本題應選 (В) если。

★ Вчера я сказал ей, «*Если* ты не будешь заниматься спортом, ты обязательно заболеешь!».

昨天我跟她說：「要是妳不運動的話，妳一定會生病的」。

96. Марины нет на уроке, я не знаю, ... она.

選項：(А) куда (Б) как (В) где

分析：選項 (А) куда「去哪裡」，句中必須有移動動詞與之配合，例如Куда идёт Антон? 安東現在去哪裡？有關選項 (Б) как的解析請考生參考第95題。選項 (В) где「在哪裡」在動詞的使用方面是與куда對立的。如果куда需用移動動詞，那麼где則需要BE動詞配合，表示「靜態的地點」，而非「移動的動作」。根據句意，本題應選 (В) где。

★ Марины нет на уроке, я не знаю, *где* она.

瑪琳娜沒來上課，我不知道她在哪裡。

97. Сегодня будет дождь? ... ты думаешь?

選項：(A) куда (Б) как (В) где

分析：根據句意，本題應選 (Б) как當作一般的「疑問詞」。

★ Сегодня будет дождь? *Как* ты думаешь?

今天會下雨嗎？你認為呢？

98. Я пойду в кино, ... хочу посмотреть этот фильм.

選項：(A) почему (Б) потому что (В) чтобы

分析：選項 (A) почему是疑問詞，意思是「為什麼」，例如 Почему Антон не любит заниматься спортом? 為什麼安東不喜歡運動？選項 (Б) потому что 在前幾題都有出現，請自行參考上方解析。選項 (В) чтобы為表示「目的」的連接詞，例如Антон пришёл в магазин, чтобы купить продукты. 安東來到商店為的是買些食材；Мама позвонила Антону, чтобы он купил продукты в магазине. 媽媽打電話給安東，要他在商店買些食材。請注意，連接詞前後主詞不一致的時候，連接詞後的動詞用過去式，切記。按照句意，本題應選 (Б) потому что。

★ Я пойду в кино, *потому что* хочу посмотреть этот фильм.

我會去電影院，因為我想看這部電影。

99. Я не знаю, ... вернусь домой.

選項：(A) куда (Б) когда (В) где

分析：按照句子的結構，副詞домой是「回家」的意思，必須與
移動動詞вернусь配合。移動動詞的原形是вернуться，為完
成體，其未完成體動詞為возвращаться，意思是「回、返
回」。因為有домой，所以表示靜態或動態「地點」的疑問
詞皆不合句意，本題應選 (Б) когда。

★ Я не знаю, *когда* вернусь домой.
我不知道我甚麼時候會回家。

---

100. Мне понравилась книга, … ты сейчас читаешь.
選項：(А) которой (Б) которую (В) которого

分析：本題是考который的概念。它可當「疑問代名詞」，例如
Который час сейчас? 現在幾點？它也可以當「關係代名
詞」，代替名詞，例如Антон помогает другу, которого зовут
Иван. 安東幫助名為伊凡的朋友。請注意，在此關係代名詞
為單數陽性第四格，因為關係代名詞在此為動詞зовут之後
的受詞。在本題中，關係代名詞代替陰性名詞книга，在句
中為動詞читаешь的受詞第四格，所以應選 (Б) которую。

★ Мне понравилась книга, *которую* ты сейчас читаешь.
我喜歡你現在正在看的書。

📝 項目二：聽力

聽力測驗共有3大題，共20小題。作答時間為25分鐘。
作答時禁止使用詞典。拿到試題卷及答案卷後，請將姓名填寫在答案卷上。聽完短訊或對話之後請選擇正確的答案，並將答案圈選於答案卷上。如果您認為答案是Б，那就在答案卷中相對題號的Б畫一個圓圈即可；如果您想更改答案，只需將答案畫一個圓圈就好，原來您認為是錯的選項只需再打一個X即可。

　　本項測驗的三個大題，不論是短訊題、男女對話題或是敘述文章題，題目皆會重複兩次，考生只需要心平氣和，相信一定可以輕鬆解決A1的聽力題目，並通過測驗。

第一部分

第1題到第5題：聆聽每則短訊後選一個與短訊意義相近的答案。

ЧАСТЬ 1

1. Антон учится в университете.

   (А) Антон студент.

   (Б) Антон школьник.

   (В) Антон преподаватель.

　　本題的句型非常單純，就是主詞＋動詞＋表示「地點」的前置詞與名詞第六格之組合。主詞是Антон，動詞是учится「學習、念書」。動詞учится的原形是учиться，後通常接前置詞 ＋ 名詞第六格。相關的題目在「語法與詞彙」測驗中出現不只一次，相信考生已經相當熟悉。本題的關鍵詞除了учиться之外，還有就是университет「大學」，所以主角是在「大學念書」的「大學生」，而非преподаватель「大學老師」，或是школьник「中小學生」，答案應該選擇 (А)。

1. 安東在大學唸書。

   (А) 安東是位大學生。

   (Б) 安東是位中學生。

   (В) 安東是位大學老師。

2. Летом студенты поедут на экскурсию в Петербург.

    (А) Сейчас студенты на экскурсии в Петербурге.

    (Б) Летом студенты будут на экскурсии в Петербурге.

    (В) Зимой студенты были на экскурсии в Петербурге.

    本題的關鍵是時間副詞與動詞時態。在句中我們清楚地聽到時間副詞летом「在夏天」。這個副詞我們已經看過，它是名詞лето「夏天」的第五格，當作副詞使用。相關的時間副詞還有「春天」весна、「在春天」весной，「秋天」осень、「在秋天」осенью、「冬天」зима、「在冬天」зимой，「早上」утро、「在早上」утром，「白天」день、「在白天」днём、「晚上」вечер、「在晚上」вечером，「深夜」ночь、「在深夜」ночью。另外的重點就是動詞поедут。它是完成體的移動動詞第三人稱複數變位，表未來的時態。三個選項當中，只有選項 (Б) 有相同的時間副詞以及表示未來的BE動詞будут。而選項 (А) 是現在式、選項 (В) 是過去式，與題目的時態明顯不同，所以答案應選 (Б)。

2. 學生要在夏天去彼得堡旅遊。

    (А) 現在學生在彼得堡旅遊。

    (Б) 學生將要在夏天去彼得堡旅遊。

    (В) 學生在冬天去過彼得堡旅遊。

3. В субботу в клубе выступал известный артист.

    (А) В клубе выступал известный учёный.

    (Б) В клубе была встреча с известным артистом.

    (В) В субботу в клубе был студенческий вечер.

    本題的關鍵詞是人артист。陽性名詞артист是「演員」的意思。答案選項 (А) 的人是учёный「學者」，而選項 (Б) 的主詞

是студенческий вечер「學生晚會」，兩者皆與「演員」相差甚遠，只有選項 (Б) 有「演員」的字樣，所以答案是 (Б)。另外值得提一下動詞выступать。它是未完成體動詞，其完成體動詞是выступить，依照上下文該動詞可作為「表演、演出、發表」等解釋，例如Антон выступал на собрании. 安東在開會時發言；Антон выступил с докладом на конференции. 安東在研討會上發表論文；Антон артист. Он выступает в театре каждый день. 安東是個演員，他每天在劇院演出。

3. 一位著名的演員星期六曾在俱樂部演出。

   (А) 一位著名的學者曾在俱樂部發表演說。

   (Б) 在俱樂部舉行了與一位著名演員的見面會。

   (В) 星期六在俱樂部舉行了學生晚會。

4. Какие у тебя планы на воскресенье?

   (А) Что ты делал в воскресенье?

   (Б) Какие у тебя планы на каникулы?

   (В) Что ты будешь делать в воскресенье?

　　本題要先解決第一個關鍵詞，那就是воскресенье「星期日」。我們曾經學過跟воскресенье相關用法就是「在星期天」，也就是前置詞в＋воскресенье第四格。切記，是第四格，而非第六格，例如В воскресенье Антон и Анна ездили в деревню. 安東與安娜在星期天去了一趟鄉下。而題目中的前置詞是на，而非в，這是因為它與前面的名詞планы相關，我們可以把這種關係想成是「支配關係」，是планы「計畫」支配「星期日」：планы на＋воскресенье，解釋為「星期日的計畫」。第二關鍵是у тебя планы。句型у кого (есть) 是現在式，考生必須確實掌握才能作答。所以我們現在已經清楚知道題目是與「星期日」的計畫相關，

而這個「星期日」是未來的時間，而不是已經過去的某個星期日。選項 (A) 是過去式，不考慮。選項 (Б) 是каникулы「假期」，而非主角「星期日」，也不是答案。選項 (B) 是未來式，與題目契合，就是答案。

4. 你星期日的計畫是甚麼？
   (A) 你星期日做了些甚麼？
   (Б) 你假期的計畫是甚麼？
   (B) 你星期日要做甚麼？

5. Какая это станция?
   (A) Как называется эта станция?
   (Б) Где находится эта станция?
   (B) Какая красивая станция!

　　聽完了題目兩遍，我們應該很確定本句不是「讚嘆句」，因為如果是讚嘆句，語調應該要在какая的重音音節往上升，而非「疑問句」的往下降。順道一提，讚嘆句是俄語語調中的「調型五」，而帶有疑問詞的問句為「調型二」。疑問代名詞какая的意思是「甚麼樣的」，所以題目是問「是甚麼樣的站」，回答時應用形容詞來修飾станция。另外，這個疑問代名詞也是「哪一個」的意思，所以是問「站的名稱」，答案應選 (A)。

5. 這是哪一站？
   (A) 這個站叫甚麼？
   (Б) 這個站在哪裡？
   (B) 多麼美麗的站啊！

第二部分

第6題到第8題：聆聽對話後答題。

ЧАСТЬ 2

6. • Скажите, пожалуйста, где находится площадь Гагарина?
   • Идите прямо и увидите высокий памятник Гагарину. Это и будет площадь Гагарина.

Они говорят ...

(А) в метро

(Б) на улице

(В) около памятника

6. • 請問加加林廣場在哪？
   • 直走，然後您會看到一個高聳的加加林紀念碑，那就是加加林廣場。

他們 _____ 談話。

(А) 在地鐵

(Б) 在街道上

(В) 在紀念碑附近

　　本題是典型的路人「問路」題：一個人問，另外一個人回答。回答的人在這種題目中幾乎都是用動詞的命令式回答，來告訴發問的人應該怎麼到達目的地，考生一定要特別注意回答人使用的動詞。題目的「女聲」清楚地發音問主角的площадь Гагарина「在

哪裡」где，而回答的「男聲」是用идите прямо。動詞идите的原形是идти，意思是「走、去」，為定向的移動動詞，而副詞прямо是「直接、一直」的意思，所以идите прямо是「直走」的意思。之後有動詞увидите，它是原形完成體動詞увидеть的第二人稱單數的變位，表未來式，意思是「將會看到」。根據以上，我們可以判斷他們的對話地點應該在室外，並且目的地不是在兩人對話的地方。選項 (A) 是在地鐵，不合理，因為在地鐵裡看不見памятник「紀念碑」。因為要「直走」，所以選項 (B) 也不是答案。本題應選 (Б)。

7. • Здравствуйте! Что Вы хотите?

   • Принесите, пожалуйста, кофе с молоком

   • А что ещё?

   • Спасибо. Это всё.

Они говорят ...

(А) дома

(Б) в магазине

(В) в кафе

7. • 您好！請問要點些甚麼？

   • 請給我加奶精的咖啡。

   • 還要甚麼呢？

   • 謝謝，這樣就好。

他們 _____ 談話。

(А) 在家

(Б) 在商店

(В) 在咖啡廳

本題有幾個關鍵詞可讓我們判斷對話的主題或是對話的地點。名詞кофе之後有前置詞с＋名詞第五格表示「和、與」，所以кофе с молоком是「咖啡加奶精」的意思。動詞命令式принесите的原形動詞是принести，它是定向的移動動詞，是完成體，未完成體動詞為приносить，意思是「帶來」，後加人第三格，加物則用第四格。我們大致已經了解「男聲」請「女聲」給他一杯加奶精的咖啡，所以對話的地點應該是餐廳或咖啡廳才對，答案應選 (B)。

8. • Здравствуйте!

 • Здравствуйте! Покажите Ваш билет, пожалуйста.

 • Вот, пожалуйста, мой билет.

 • У Вас 16-й ряд, у окна.

Они говорят ...

(А) в театре

(Б) в самолёте

(В) в трамвае

8. • 您好！

 • 您好！請出示您的票。

 • 好的。這是我的票。

 • 您的位子是第16排靠窗。

他們 _____ 談話。

(А) 在劇院裡

(Б) 在飛機上

(В) 在輕軌電車裡

本對話的情景考生應該不陌生，畢竟動詞命令式покажите已經是個基本的單詞，我們在商店裡的情境中常常練習，例如在書店：Покажите, пожалуйста, этот журнал. 請給我看一下這本雜誌；在機場：Покажите, пожалуйста, Ваш паспорт. 請出示您的護照。當然還有其他情景、地點會用到相關用法，我們並無法一一列舉。本題要求「出示」的是「票」，所以情境的範圍自然有限。接下來的關鍵是「女聲」所述的16-й ряд「第16排」以及у окна「靠窗」，所以範圍大大地限縮於交通工具中了。選項 (A) 是劇院。劇院的座位應該沒有窗，所以不符情境。選項 (Б) 在輕軌電車。輕軌電車雖然有窗，但是就像捷運一樣，是沒有站務人員會要求出示乘坐車票的，所以不合理。只有選項 (Б) 在飛機上才符合情境。

第三部分

第9題到第14題：聆聽對話後答題。

Ирина: Андрей, здравствуй! Это Ирина.

Андрей: Здравствуй, Ирина! Что случилось?

Ирина: У меня проблема. Завтра в среду приедет моя подруга. А я не могу её встретить, потому что в среду я работаю весь день.

Андрей: Хорошо. Завтра я свободен. Я с удовольствием помогу тебе. Как зовут твою подругу?

Ирина: Кристина.

Андрей: Минутку. Я возьму ручку и запишу. Кристина... Где её нужно встретить? На вокзале?

Ирина: Да, на вокзале. Она приедет из Варшавы.

Андрей: Когда поезд?

Ирина: Поезд в 10 часов утра.

Андрей: Что она будет делать в Москве?

Ирина: Кристина переводчик. Ей надо купить новые учебники и словари.

9. Ирина звонит:

(А) Андрею

(Б) Кристине

(В) коллеге

10. Андрей будет встречать:

(А) друга

(Б) подругу

(В) маму

11. **Андрей поедет:**

   (А) на вокзал

   (Б) на работу

   (В) в магазин

12. **Кристина приедет:**

   (А) во вторник

   (Б) в среду

   (В) в пятницу

13. **Кристина приедет:**

   (А) из Москвы

   (Б) из Варшавы

   (В) из Парижа

14. **Кристина работает:**

   (А) учителем

   (Б) продавцом

   (В) переводчиком

伊琳娜：安德烈，你好！我是伊琳娜。

安德烈：妳好，伊琳娜！怎麼了？

伊琳娜：我有個麻煩事。明天星期三我的朋友要來，但是我沒辦法
去接她，因為我星期三整天要上班。

安德烈：沒問題，我明天有空。我很樂意幫妳。妳的朋友叫甚麼
名字？

伊琳娜：克莉絲汀娜。

安德烈：等等，我拿枝筆記下來。克莉絲汀娜。要在哪裡接她呢？
在火車站嗎？

伊琳娜：是的，在火車站，她從華沙來。

安德烈：幾點的火車？

伊琳娜：早上十點的火車。

安德烈：她在莫斯科要做甚麼呢？

伊琳娜：克莉絲汀娜是位翻譯，她需要買些新的課本跟辭典。

9. 伊琳娜打電話給：

(A) 安德烈

(Б) 克莉絲汀娜

(В) 同事

　　打電話的題目很簡單，只要平心靜氣，仔細聆聽，一定可以全部答對。本題的名字是我們很熟悉的斯拉夫民族的名字Андрей，所以不會出錯。本題答案應選 (A)。至於選項 (Б) 則是需要去接的朋友，在對話的中段才出現，並不會造成選答案的困擾。選項 (В) 的單詞在對談中未曾出現過，純粹是煙霧彈。

10. 安德烈將要去接：

(A) 朋友

(Б) 女性朋友

(В) 媽媽

　　在對話的第三句「女聲」提到她有個麻煩，因為她沒辦法去接朋友，這裡的朋友是подруга。而之後「男聲」問伊琳娜朋友的名字，伊琳娜回答說是「克莉絲汀娜」，所以我們知道安德烈要幫忙接的朋友是位「女性朋友」無誤，應選 (Б)。

11. 安德烈將前往：

(A) 火車站

(Б) 去上班

(B) 商店

接續上題，安德烈得知要接的朋友是克莉絲汀娜之後緊接著問要去哪裡接她。句中出現了重要的「疑問詞」где，之後安德烈緊接著問說是不是要在「火車站」接克莉絲汀娜，而伊琳娜的回答是肯定的，並且重複了一次。我們不可能會有絲毫犯錯的可能。本題應選 (A)。

12. 克莉絲汀娜抵達：

(A) 在星期二

(Б) 在星期三

(B) 在星期五

基本上，出題的順序是按照對談訊息的先後發生，但是難免有例外，就如同本題。在「女聲」的第二次發言時候，也就是在對談的第三句，伊琳娜就已經說明朋友是「星期三」來，而且伊琳娜再次強調星期三她要上整天的班，所以不能去接朋友。答案簡單明瞭，應選 (Б)。

13. 克莉絲汀娜抵達：

(A) 從莫斯科

(Б) 從華沙

(B) 從巴黎

從第11題之後，我們知道安德烈要去火車站接克莉絲汀娜，而伊琳娜同時補充說朋友是из Варшавы「從華沙」來的。或許考生不知道甚麼是из Варшавы，但是我們可以從句型及其他線索解答。句型Она приедет из Варшавы. 主詞是она，動詞приедет。動詞приедет是「來到、抵達」的意思，通常後接前置詞в或на＋名詞第四格，表示「來到某處」，或是接著與時間相關的詞組或副詞，表示「何時抵達」。若不是前者，而是前置詞из或с＋名詞第二格，那就是表示「從某處而來」的意思。名詞Варшавы是第二格，是「華沙」，考生就算不知道，但也可以憑著聲音的記憶答題。至於選項的「莫斯科」則是煙霧彈，因為安德烈問克莉絲汀娜要在莫斯科的計畫，而城市「巴黎」，則從未出現，所以答案應選 (Б)。

14. 克莉絲汀娜是位：

(А) 老師

(Б) 店員

(В) 翻譯

在最後一次的伊琳娜發言中她提到的第一句話就是說朋友是位翻譯，來莫斯科的目的就是買些書籍、辭典，答案清楚就是 (В)。

 **第四部分**

第15題到第20題：聽完文章後答題。

　　這個部分與前一題本相對部分題目的型態不同。前一題本最後部分的題型較為複雜，為筆試，而非選擇題，答題難度較高。而本大題就像「閱讀測驗」的閱讀文章後答題一般，只是本測驗是「聽力」，是用聽的，也像前一大題，依照聽到的資訊答題。答題技巧與「閱讀測驗」類似，必須注意一些「關鍵詞」。

ЧАСТЬ 3

　　Михаил Васильевич Ломоносов – великий русский учёный. Он родился в 1711 году в деревне на севере России. Его отец был крестьянином. Михаил много работал, помогал отцу. Но он очень хотел учиться. В деревне не было школы, поэтому Михаил Ломоносов решил учиться в Москве. Он пошёл в Москву пешком, потому что у него не было денег.

　　Ломоносов учился в Москве, в Петербурге, потом поехал в Германию и учился там 5 лет в университете. Когда Ломоносов вернулся в Россию, он работал в Петербурге в университете. Он много занимался наукой.

　　В Москве в то время ещё не было университета. Ломоносов мечтал об университете в Москве. Он говорил, что «здесь будут работать новые русские учёные». В 1755 году в Москве открыли университет. Он называется Московский государственный университет имени Ломоносова.

15. М.В. Ломоносов – известный русский:

(А) актёр

(Б) учёный

(В) художник

16. М.В. Ломоносов родился:

(А) в деревне

(Б) в Москве

(В) в Германии

17. М.В. Ломоносов пошёл пешком:

(А) в Москву

(Б) в Петербург

(В) в Германию

18. В Германии М.В. Ломоносов учился:

(А) один год

(Б) три года

(В) пять лет

19. М.В. Ломоносов много занимался:

(А) наукой

(Б) театром

(В) архитектурой

20. Московский университет открыли:

(А) в 1711 году

(Б) в 1745 году

(В) в 1755 году

米海爾瓦希里耶維奇羅曼諾索夫是位偉大的俄國學者。他出生於1711年的俄羅斯北方鄉下。他的父親曾是位農夫。米海爾很努力地工作，對父親幫助很大。但是他非常想念書。當時在鄉下一個學校都沒有，所以米海爾羅曼諾索夫決定要去莫斯科念書。他當時沒有錢，所以是步行前往莫斯科的。

　　羅曼諾索夫在莫斯科、聖彼得堡學習，之後前往德國的大學念了五年書。當羅曼諾索夫回到俄羅斯後，他在聖彼得堡大學工作，努力地研究科學。

　　當時在莫斯科還沒有大學，而羅曼諾索夫則是渴望在莫斯科有間大學。他說：「將會有新的俄羅斯學者在這裡工作」。1755年在莫斯科設立了大學，它稱作國立莫斯科羅曼諾索夫大學。

15. 羅曼諾索夫是位著名的：

　　(A) 演員

　　(Б) 學者

　　(B) 畫家

　　我們很專心聽的話，一定在第一次就能聽到答案。本篇文章的第一句在「專有名詞」Михаил Васильевич Ломоносов之後就說到他是一位俄羅斯的учёный。還有一個形容詞是великий，意思是「偉大的」，例如中國「萬里長城」的俄文就是Великая китайская стена。本題應選 (Б)。

16. 羅曼諾索夫出生於：

　　(A) 鄉下

　　(Б) 莫斯科

　　(B) 德國

接著在文章的第二句我們聽到主角的出生地。動詞родился的原形動詞是родиться，常常是以過去式出現，表達某人「出生」於何時或何地。出生於何時常用前置詞в＋年代第六格，例如本句的в 1711 году。請記住，年代的尾數必須用「序數數詞」第六格，其餘的數字用基數數詞第一格，所以в 1711 году是 в тысяча семьсот *одиннадцатом* году；如果是в 1790 году，則為в тысяча семьсот *девяностом* году。年代之後緊接著是地點в деревне。所以我們應選 (А)。

17. 羅曼諾索夫步行前往：

(А) 莫斯科

(Б) 彼得堡

(В) 德國

　　答案在第一段的最後一句。前文提到當時因為在鄉下не было школы「沒有學校」，所以主角決定要去莫斯科念書решил учиться в Москве。之後說他因為沒有錢，所以他是「步行」去的。文章與題目都是用пошёл пешком，而在這裡與前文城市名稱「莫斯科」出現過兩次，其他選項的地名則都還沒出現過，相信考生不會受到其他選項的影響。本題應選 (А)。

18. 羅曼諾索夫在德國念書：

(А) 一年

(Б) 三年

(В) 五年

　　題目有「數字」考題的機率非常高，畢竟數字是「關鍵詞」。在第二段的第一句有與題目類似的敘述：主角前往德國並在大學念了五年的書。動詞是поехал與учился，而相對的地點是в Германию與в университете，其中的數字5 лет非常清楚，所以要選 (В)。

19. 羅曼諾索夫努力研究：

(A) 科學

(Б) 戲劇

(B) 建築學

接續上題。主角在德國的大學念書，念了五年。之後的句型主詞是он，動詞是занимался，之後接名詞第五格наукой。名詞наукой是陰性名詞наука的第五格，意思是「科學」。另外選項 (B) 是архитектурой，是陰性名詞архитектура的第五格，是「建築學」的意思，如同選項 (Б) 一樣，文章皆無出現過。答案應選 (A)。

20. 莫斯科大學設立於：

(A) 1711年

(Б) 1745年

(B) 1755年

年代當然也是「關鍵詞」，考生須特別注意。選項中的三個年代：1711年我們在第一段就已經聽到，那是主角出生的年代；1745年在文章中從來沒有出現過，所以根本不需考慮；1755年在最後的一段的倒數第二句的「泛人稱句」中出現，動詞是открыли「打開、開設」，受詞是московский университет，正是問題的關鍵，所以答案應選 (B) 1755年。

📝 項目三：閱讀

考試規則

本次閱讀測驗有2個部分，共30題選擇題，作答時間為45分鐘。作答時可以使用紙本詞典，有些考場也可以使用電子詞典，但是禁止攜帶智慧型手機。拿到試題卷及答案卷後，請將姓名填寫在答案卷上。

請選擇正確的答案，並將答案圈選於答案卷上。如果您認為答案是Б，那就在答案卷中相對題號的Б畫一個圓圈即可；如果您想更改答案，只需將答案畫一個圓圈就好，原來您認為是錯的選項只需再打一個X即可。

【題型介紹】

本次的閱讀測驗共有兩個不同類型的大題。考生必須具備基本的單詞與語法能力，才能看懂題目，進而做答。以下我們就針對不同的題型作簡單介紹。

第一部分有5個大題，共10個題目。5個大題是狀況題，每一個題目都是一個情境，而這情境是以「假設」的方式設定，考生必須根據「假設」的狀況來找到「出口」，例如「假如我想吃飯」，那麼我就應該「去餐廳」，而不是「去工廠」之類的。題目相當簡單，對於已經具備A1程度的考生來說，應該毫無問題。

第二部分是一個人物的故事，共有三個段落，共20題。這三個段落以文章的形式以及以對話的方式呈現，考生必須了解文章及對話的內容，針對題目，找到答案。這個部分比較像傳統的閱讀測驗，文章的篇幅較長，考生要在規定的時間內答完20題，似乎壓力不小，但是如果考生能夠依照先前第一題本所提供的解題技巧應答，相信要取得高分並通過測驗，絕非難事。

第一部分

請熟悉下列情境並答題。

ЧАСТЬ I

Что Вы купите вашему товарищу, если он хочет …?

1. пить	(А) учебник русского языка
2. прочитать статью о спорте	(Б) бутылку воды
	(В) билет в Большой театр
	(Г) газету «Спортивные новости»

解析：第1題的動詞是пить，意思是「喝」，後接受詞第四格，所以要買的東西應該是「飲料」，應選 (Б) бутылку воды。名詞бутылку是第四格，所以第一格為бутылка，為陰性名詞，意思是「瓶」。而名詞воды是第二格，修飾前面的名詞以作為「從屬關係」。第2題的動詞是прочитать，為完成體動詞，其未完成體動詞為читать，意思是「閱讀」，後接名詞第四格，也是及物動詞。受詞статью的第一格為статья，是「文章」的意思，為陰性名詞，後接前置詞 о＋名詞第六格спорте，表示「有關運動的文章」，所以答案應選 (Г) газету «Спортивные новости»。

您會買給朋友什麼，如果他想 … ？

1. 喝東西	(А) 俄語課本
2. 閱讀有關運動的文章	(Б) 一瓶水
	(В) 大劇院的票
	(Г) 「體育新聞」報

Куда Вы поедете, если Вы …?

3. должны встретить родителей	(А) в столовую
4. чувствуете себя плохо	(Б) на стадион
	(В) к врачу
	(Г) на вокзал

解析：第3題的動詞是должны встретить，意思是「應該接」，後接受詞第四格родителей，所以是「接父母親」的意思。題目問應該要去哪裡，所以答案應選 (Г) на вокзал。第4題的固定說法чувствовать себя一定要熟悉，意思是「感覺、覺得」，通常是指「身體的感覺」，例如Антон чувствует себя плохо. 安東身體不舒服。第四題應選 (В) к врачу。請注意，去找某人應用前置詞к＋人第三格，而非в或на＋第四格。

您會去哪裡，如果您 … ?

3. 應該去接父母親	(А) 去食堂
4. 身體不舒服	(Б) 去體育館
	(В) 去看醫生
	(Г) 去火車站

На какую экскурсию Вы поедете, если Вы хотите …?

5. познакомиться с жизнью первого космонавта	(А) в Московский Кремль
	(Б) в московский зоопарк
6. увидеть старую русскую архитектуру	(В) в дом-музей Ю. Гагарина
	(Г) «Русские писатели в Москве»

解析：第5題的關鍵是名詞космонавта。它是陽性名詞第二格，與形容詞первого構成詞組並修飾前面的第五格名詞жизнью。名詞космонавт是「太空人」的意思，不可不知，就如同本題的答案 (В) Юрий Гагарин一般，是「俄國人的驕傲」，作為外國人的考生要背起來。動詞познакомиться已經出現多次，後通常接前置詞 c＋名詞第五格，表示「與人或物認識、熟悉」。第5題的關鍵是名詞архитектуру。該名詞是陰性，這裡是第四格，因為在動詞увидеть之後，作為直接受詞，是「建築藝術、建築學」的意思。選項 (А) 是著名的「莫斯科克里姆林宮」，是本題的答案。考生也必須知道，莫斯科的克里姆林宮有許多著名的建築及教堂，也是俄國人的驕傲，不可不知。

您會去哪個參觀行程，如果您想 …？

5. 了解第一位太空人的生活	(А) 去莫斯科克里姆林宮
6. 看看俄羅斯的古老建築藝術	(Б) 去莫斯科動物園
	(В) 去佳佳林的故居博物館
	(Г) 「在莫斯科的俄國作家」

Как Вы думаете, куда идёт девушка, если у неё есть …?

7. билет на самолёт	(А) в библиотеку
8. читательский билет	(Б) в аэропорт
	(В) в Большой театр
	(Г) на стадион

解析：第7題與第8題的關鍵詞是билет「票」。名詞билет的用法在俄語較為特殊，我們要說是何種的票應用билет ＋前置詞 в或на＋名詞第四格，而不是用名詞的第二格來修飾билет，例如題目的билет на самолёт，名詞第四格самолёт是「飛機」，所以是「機票」。另外可用形容詞＋билет來表達票的用途，例如студенческий билет是「學生證」，而題目的читательский билет則是「閱覽證」。形容詞читательский是名詞читатель「讀者」的派生詞。第7題有機票，所以自然是去機場，應選 (Б)。第八題有閱覽證，不應去Большой театр「波修瓦大劇院」或是去стадион「體育館」，所以應選 (А)。

您認為女孩要去哪裡，如果她身上有 …？

7. 機票	(А) 去圖書館
8. 閱覽證	(Б) 去機場
	(В) 去波修瓦大劇院
	(Г) 去體育館

Какую книгу взял в библиотеке человек, если он ...?

9 решил приготовить китайский ужин	(А) «Современный английский детектив»
	(Б) «Кухня народов Востока»
10. интересуется культурой России	(В) «Земля и космос»
	(Г) «История русской культуры»

解析：第9題的關鍵詞是китайский ужин「中式的晚餐」。完成體動詞приготовить的未完成體為готовить，後接受詞第四格，當作「準備、做飯」解釋。本題的受詞第四格是китайский ужин。所以在圖書館借來要參考的書籍應該是與烹飪相關的，應選 (Б)。請注意，名詞кухня可當「廚房」或「料理」解釋。名詞народ如果是單數做「人民」解釋，複數則是「民族」的意思。第10題的關鍵是名詞культурой，是第五格的陰性名詞，第一格為культура，意思是「文化」。動詞интересуется特別重要，其原形動詞為интересоваться，是「對某人或某物感到興趣」的意思，後接名詞第五格，在此就是「對俄羅斯文化感到興趣」。選項 (Г) 正好有「俄羅斯」，也有「文化」，所以就是答案。

有個人在圖書館借了哪一本書，如果他 …？

9 決定做一頓中式的晚餐	(А)「現代英國偵探小說」
10. 對俄羅斯文化有興趣	(Б)「東方民族料理」
	(В)「地球與太空」
	(Г)「俄羅斯文化史」

![📖] 第二部分

請讀過下列故事後答題。

ЧАСТЬ II

Это была небольшая семья. Отец Давид Львович – талантливый инженер. Мать Любовь Вениаминовна – врач, старшая дочь Соня и сын Лёва. В доме ещё жила учительница – француженка, поэтому Соня и Лёва хорошо говорили по-французски.

Любовь Вениаминовна сама учила дочь и сына читать и писать. Лёва быстро запомнил цифры. Теперь он везде писал числа, потом считал и говорил ответ. Даже когда он гулял на улице, он тоже писал числа и быстро считал. Это была его самая любимая игра.

Когда Лёве было пять лет, Давид Львович пригласил в дом учительницу музыки, учителя танцев и учителя рисования. Он решил, что дети должны заниматься музыкой, хорошо танцевать и рисовать. Соне нравились эти уроки, и она с удовольствием играла на пианино. Но сын Лёва не хотел заниматься музыкой. Он ничем не хотел заниматься: он любил только числа и ему нравилось считать.

11. Эта часть рассказа называется … .

    (А) «Учительница»

    (Б) «Любимая игра»

    (В) «Старшая сестра»

12. В семье было … .

    (А) три человека

    (Б) четыре человека

    (В) пять человек

13. Дети знали французский язык, потому что … .

    (А) их мать была француженкой

    (Б) родители говорили по-французски

    (В) родители пригласили француженку

14. Лёву научила читать … .

    (А) мать

    (Б) учительница

    (В) сестра

15. Лёва любил … .

    (А) танцевать

    (Б) играть на пианино

    (В) играть в числа

　　我們先看看題目與答案的選項，之後再回到文章中找到題目所提示的資訊並作答。第11題的題目有名詞часть，是陰性名詞的單數，意思是「部分」，後接名詞第二格рассказа，作為修飾前單詞，為從屬關係。動詞называется是用在非動物名詞時，表示「物品的名稱」，所以本題是問這個部分故事的名稱為何。選項 (А) 女老師；選項 (Б) 最愛的遊戲；選項 (В) 姊姊。三個選項的名稱毫無關連。我們應該在看過文章或是先解答其他四題，之後再回過頭來檢視這部分故事的重點為何，所以第11題要最後才做。

第12題的問題簡單，問家庭有幾個人，選項有三個人、四個人或是五個人。題目及選項都很清楚，考生絕對不能粗心，甚至犯錯。第13題的關鍵詞組是французский язык「法文」，所以回到文章要找的線索是為什麼孩子們懂法文。選項有提到：媽媽是法國人；父母親說法文；父母親聘請法國女性。三個選項中有兩個提到「父母親」，所以如果看到父母親與法文相關的劇情時，要特別注意。第14題有受詞第四格Лёву，也有動詞第三人稱單數陰性過去式научила「教會」，所以要選的是主詞。而這主詞需與動詞的性、數相符，所以是陰性名詞。第15題主詞是Лёва，動詞是любил，答案的選項都是動詞，所以我們回到文章需要找到主角所「喜愛」的活動是什麼。

　　我們先做第12題。回到文章第一段第一行。第一句提到了семья，接下來有отец、有мать、有дочь Соня以及сын Лёва，一共四人，所以答案是 (Б)。接下來在第二行的最後提到，除了家庭成員之外，家裡還住了一個法國女老師учительница-француженка，所以Соня與Лёва法語說得不錯。總之媽媽不是法國人、也沒提到父母親會說法語，所以答案就是 (B)。接下來的第14題我們要看看是誰教會兒子Лёва閱讀的。我們接續上一題繼續找答案。第二段的第一句主詞是Любовь Вениаминовна，也就是мать，動詞是учила，受詞是дочь и сына，另外還有「限定代名詞」сама「自己」，後接動詞читать и писать，所以我們確定答案是 (А) мать。第15題是問兒子Лёва喜愛的活動。接續上文，Лёва很快地「記住了」запомнил「數字」цифры。之後他到處寫數字並且把數字加總起來，最後說出答案。我們在本段的最後一行看到：「這是他最喜歡的遊戲」，所以本題的答案應選 (B) играть в числа。四題答完，文章只看到第二段，還有第三段沒看，但是我們可以做一個小小的結論，那就是第一段是講述家庭成員，而第二段是Лёва最愛的活動。而答案除了有「最愛的活動」之外，還有「姊姊」與「女老師」，但是他們應該不是本故事的重點，因為整篇文章有三段，我

們看完之後，只有「最愛的活動」在文章中佔有篇幅，其他兩個選項都沒有。就算第三段的重點是「姊姊」或「女老師」，但也不符比例原則，所以答案應該是 (Б)。但是為了保險起見，我們不妨看看第三段。

第三段的開始提到父親邀請了三位老師教導孩子們音樂、舞蹈及繪畫。姊姊Соня很喜歡這些課程，同時也樂於彈鋼琴。之後有個「詞意強烈」的單詞но「但是」，說明兒子Лёва並不喜歡音樂，也不想做其他的事情，因為他只愛數字並喜歡算數。請注意，本句有另一個「詞意強烈」的單詞только「只有、只是」，是閱讀測驗的重點單詞。所以第三段將近有三分之一的篇幅說明Лёва的喜好，也驗證了我們的推測。

【翻譯】

這是個小家庭。父親大衛黎沃維奇是一位才華洋溢的工程師，母親柳博芙文妮安敏諾夫娜是位醫生，長女索妮雅及兒子廖華。家中還住了一位法國老師，所以孩子們的法語說得不錯。

柳博芙文妮安敏諾夫娜自己教女兒和兒子閱讀及寫字。廖華很快地就記住了數字。現在他到哪都要寫數字，然後加總並說出答案。甚至當他在外面玩耍的時候，他也要寫數字，然後很快地計算。這是他最喜歡的遊戲。

當廖華五歲的時候，大衛黎沃維奇邀請音樂老師、舞蹈老師及繪畫老師到家教課。他決定讓孩子們學音樂，同時應該要學好舞蹈及繪畫。索妮雅喜歡這些課程，也樂於彈鋼琴。但是兒子廖華並不想學音樂，他甚麼都不想學，他熱愛的只有數字，同時也喜歡算數。

11. 這個部分的故事叫做 _____ 。

 (А) 女老師

 (Б) 最愛的遊戲

 (В) 姊姊

12. 家裡有 _____ 。

 (А) 三個人

 (Б) 四個人

 (В) 五個人

13. 孩子們懂法文，因為 _____ 。

 (А) 他們的媽媽是法國人

 (Б) 父母親說法語

 (В) 父母親邀請法國女士

14. _____ 教會廖華閱讀。

 (А) 母親

 (Б) 女老師

 (В) 姊姊

15. 廖華喜歡 _____ 。

 (А) 跳舞

 (Б) 彈鋼琴

 (В) 玩數字

Давид Львович решил поговорить с сыном. Он позвал Лёву в свой кабинет и сказал:

- Лёва, запомни: ты должен каждый день играть на пианино один час. Ты понял меня?

Лёва молчал.

- Ты будешь заниматься музыкой, я тебя спрашиваю?
- Не буду.
- Почему?
- Потому что я её не люблю.
- А что же ты любишь?
- Я люблю числа.
- Лёва, твоя сестра любит музыку, я знаю, что ты тоже обязательно полюбишь музыку.
- Нет, не полюблю.
- Когда ты будешь большой, ты скажешь мне «спасибо».
- Нет, не скажу.
- Хорошо. Иди спать. И хорошо подумай! Завтра мы ещё раз поговорим об этом. Не понимаю, почему ты так не любишь музыку.

«Какой трудный ребёнок!» - подумал Давид Львович и решил больше не говорить с сыном о музыке.

Когда Любовь Вениаминовна пришла в комнату сына, Лёва был очень рад.

- Спокойной ночи, Лёвочка.
- Спокойной ночи, мама.
- Ты будешь хорошим мальчиком, правда?
- Буду.
- Будешь учиться играть на пианино?
- Нет.

Больше никто не просил Лёву заниматься музыкой.

16. Эта часть рассказа называется … .

(А) «Родители и музыка»

(Б) «Первые уроки»

(В) «Трудный мальчик»

17. Давид Львович и Лёва разговаривали … .

(А) в комнате сына

(Б) в кабинете отца

(В) в саду

18. Отец говорил с сыном … .

(А) о математике

(Б) о музыке

(В) о сестре

19. Отец сказал, что Лёва должен заниматься … .

(А) музыкой

(Б) математикой

(В) вместе с сестрой

20. Отец сказал, что Лёва должен заниматься каждый день … .

(А) 30 минут

(Б) 60 минут

(В) 90 минут

21. Отец думал, что Лёва полюбит … .

(А) музыку

(Б) математику

(В) литературу

22. Давид Львович понял, что Лёва … мальчик.

（А）способный

（Б）добрый

（В）трудный

23. На другой день разговор с сыном … .

（А）продолжил отец

（Б）продолжила мать

（В）никто не продолжил

　　文章的這個部分是以對話形式呈現。對話的形式閱讀起來較為輕鬆，比較不枯燥，希望考生也這麼認為。第16題也是問我們這個部分的名稱或標題，我們依照前例，留到最後再做。

　　第17題的主詞是Давид Львович и Лёва，也就是父與子。動詞是разговаривали，其原形動詞為разговаривать，意思是「談話、聊天」。我們回到文章，看看父子對話的場所。第一段第一句父親決定要跟兒子談一談。之後我們看到了關鍵的動詞позвал。它的原形動詞是позвать，是完成體動詞，未完成體動詞是звать，後接受詞第四格，是我們熟知的「叫、召喚」，例如Меня зовут Антон. 我的名字是安東。所以父親把孩子叫到в свой кабинет，接著下來就是一連串的對話。名詞кабинет是「研究室、書房」的意思，在此是第四格，表示「移動」的概念。本題答案應選（Б）в кабинете отца。

　　第18題的主詞還是父親，動詞也與上題類似，是говорил，後接с сыном，所以我們知道了題目的大意就是父親與兒子的談話內容。我們接著看文章。父親的第一句話就是要兒子每天彈鋼琴一個小時，之後的對話就圍繞著「音樂」持續下去。本題答案為（Б）о музыке。

　　第19題是問父親認為兒子應該要學的東西。我們在上一題就已

經知道父親要兒子每天彈一個小時的鋼琴，所以要學的就是鋼琴，也就是音樂。所以應該選擇 (A) музыкой。

第20題。我們看到了與第19題一樣的動詞組合должен заниматься，而且還有表「時間」的詞組каждый день，雖然單詞有些不同，但是相同意義的一句話出了連續三個題目，所以答案出自於父親的第一句話：ты должен каждый день играть на пианино один час。詞組один час是第四格，是「一個小時」，所以答案應選 (Б) 60 минут。

第21題。父親認為廖華以後會喜歡的事物。其實用猜的也知道答案，但是我們還是來找到關鍵的動詞полюбит。動詞原形是любить / полюбить，是及物動詞，後接受詞第四格，相信考生已經非常熟悉。一路看下來，我們在第13行看到了父親的談話中有一處обязательно「務必、一定」полюбишь，之後接名詞第四格музыку，所以我們很肯定答案就是 (A) музыку。

第22題。父親認為廖華是個什麼樣的孩子。前題提到父親認為孩子將來會愛上音樂。接著看，孩子回說不會喜歡上音樂，而爸爸又說，當他的孩子長大後，會跟爸爸說「謝謝」，而兒子又頂嘴回說不會。最後爸爸讓他去睡覺，並要他好好想想，而父親打算明天再談談。父親後來подумал「想了想」，決定不再跟孩子談有關音樂的話題了，心裡並想著：Какой трудный ребёнок。在這裡，形容詞трудный做「難管教的」解釋。本題答案為 (B) трудный。

第23題。隔天是誰跟孩子談話？父親認為兒子難管教，之後母親來到孩子的房間，互道晚安之後媽媽問孩子要不要學鋼琴，孩子說不要。文章最後一行寫道，之後больше никто не「再也沒有人」要求廖華學音樂了。動詞просить / попросить的意思是「要求」，後接人第四格。本題應選 (B) никто не продолжил。動詞продолжить是完成體，其未完成體動詞為продолжать，意思是「繼續、持續」，後接名詞第四格，或接動詞。如接動詞，則該動詞應為未完成體動詞。

整篇大概看過之後，我們了解是父母親嘗試要兒子彈鋼琴、學音樂，但是好說歹說，兒子就是不從父母親的意願。回過頭來做第16題，選項 (A) родители и музыка是「父母親與音樂」，看起來還可以作為本部分的標題，但是重要的角色兒子並沒有在標題內，所以不符合。選項 (Б) Первые уроки是「最初的課程」，完全與劇情不符合。所以本題應選 (В) трудный мальчик。

【翻譯】

　　大衛黎沃維奇決定要跟兒子談談。他把廖華叫到自己的書房，然後說：

- 廖華，你記住，你應該每天彈一個小時鋼琴，了解嗎？
  廖華沉默不語。
- 我在問你，你要不要學音樂？
- 不要。
- 為什麼？
- 因為我不喜歡音樂。
- 那你究竟喜歡甚麼？
- 我喜歡數字。
- 廖華，你的姊姊喜歡音樂，我知道你一定也會愛上音樂的。
- 不會，我不會愛上音樂。
- 當你長大後，你會跟我說「謝謝」的。
- 不會，我不會跟你說「謝謝」的。
- 好吧，去睡覺吧。你好好想想。明天我們再談談這些事。我不了解你為什麼那麼不喜歡音樂。

　　「多麼難教養的孩子啊！」- 大衛黎沃維奇想了想，之後決定不再跟兒子談有關音樂的事了。

　　當柳博芙文妮安敏諾夫娜來到兒子的房間時，廖華非常高興。

- 晚安，小廖華。
- 晚安，媽媽。
- 你是個聽話的小孩，對吧？
- 是啊。
- 那要學彈鋼琴？
- 不要。

　　之後再也沒有人要求廖華學音樂了。

16. 這個部分的故事名稱是 _____。

　　(A)「父母親與音樂」

　　(Ƃ)「最初的課程」

　　(B)「難教養的小孩」

17. 大衛黎沃維奇與廖華 _____ 談話。

　　(A) 在兒子的房間

　　(Ƃ) 在父親的書房

　　(B) 在花園

18. 父親與兒子談論 _____。

　　(A) 數學

　　(Ƃ) 音樂

　　(B) 姊姊

19. 父親說廖華應該要學 _____。

　　(A) 音樂

　　(Ƃ) 數學

　　(B) 跟姊姊一起

20. 父親說廖華應該每天要學 ＿＿＿＿＿＿ 。

(А) 30 分鐘

(Б) 60分鐘

(В) 90分鐘

21. 父親認為廖華會愛上 ＿＿＿＿＿＿ 。

(А) 音樂

(Б) 數學

(В) 文學

22. 大衛黎沃維奇明白了，廖華是位 ＿＿＿＿＿＿ 小孩。

(А) 才華洋溢的

(Б) 善良的

(В) 難管教的

23. 隔天 ＿＿＿＿＿＿ 與兒子談話。

(А) 父親繼續

(Б) 母親繼續

(В) 沒人繼續

　　В гимназии (так тогда называлась школа) Лёва учился очень хорошо. Особенно он любил уроки математики, химии и физики. Но у него были серьёзные проблемы с учителем литературы. Однажды учитель взял его тетрадь и увидел, что Лёва пишет некрасиво и непонятно.

• Я не могу прочитать Вашу работу. Я ничего не понимаю! Какая это буква? А это слово? Я не понимаю, что Вы пишете.

　　Лёва любил романы русских писателей, но ему не нравились уроки литературы и сам учитель. И он очень не любил делать письменные домашние задания. В его последнем сочинении о романе Пушкина «Евгений Онегин» была только одна фраза: «Татьяна была скучной девушкой». Конечно, он получил «два». Учитель литературы послал Давиду Львовичу письмо. Он написал, что у Лёвы плохие результаты по литературе.

- Лёва, - сказал Давид Львович вечером, - я хочу с тобой поговорить.
- Слушаю, папа.
- Почему у тебя такие плохие результаты по литературе? Это же лёгкий предмет. И пиши понятно: учитель не понимает, что ты пишешь.
- Я пишу нормально.
- Лёва! Иди и занимайся. Ты должен завтра хорошо ответить на вопросы учителя. Готовься!
- Я готов.

На этот раз Лёва был прав. Он помнил наизусть почти все стихи Лермонтова и хорошо знал его роман «Герой нашего времени».

На следующий день первым уроком была литература. Учитель смотрит на Лёву и спрашивает:

- Скажите, о чём думал Лермонтов, когда писал роман «Герой нашего времени»?
- Ответ на этот вопрос знает только сам Лермонтов.
- Садитесь. Два! В этом году Вы кончаете гимназию и так несерьёзно занимаетесь. Мне жаль, что у Давида Львовича такой сын.

Шёл 1920 год. Лёве Дандау было только 12 лет. А в 1962 году известный учёный-физик Лев Давидович Дандау получил Нобелевскую премию.

24. Эта часть рассказа называется … .

    (А) «Любимый предмет»

    (Б) «Серьёзные проблемы»

    (В) «Письмо учителя»

25. В гимназии у Лёвы были хорошие результаты … .

    (А) по математике

    (Б) по рисованию

    (В) по литературе

26. Лёва любил литературу, но не любил … .

    (А) писать сочинение

    (Б) учить стихи

    (В) роман Лермонтова

27. Учителю литературы не нравились работы Лёвы, потому что … .

    (А) он писал очень много

    (Б) он писал очень некрасиво

    (В) они были неинтересные

28. Учитель литературы написал Давид Львовичу, потому что его

    сын … занимается.

    (А) серьёзно

    (Б) плохо

    (В) мало

29. На следующий день на уроке литературы Лёва … .

(А) ответил на все вопросы

(Б) получил за ответ «пять»

(В) плохо ответил на вопрос

30. Лёва Ландау стал … .

(А) известным инженером

(Б) великим математиком

(В) большим учёным

　　文章的最後部分是以敘述及對話各半呈現。但是篇幅較長，所以我們必須加快速度，看清楚題目的重點之後，趕緊回到文章中找答案。找答案的方式就是跟前面的做法相同，用「跳躍式」的閱讀方式，也就是說，並不是逐字閱讀，而是以找關鍵詞的方式，找到我們需要的資訊或劇情，如此才能加快作答的速度，完成測驗。第24題也是問我們這個部分的名稱或標題，我們依照前例，留到最後再做。但是別忘了要先看看答案的三個選項，讓心裡先有個印象，最後解題的時候才會解省時間。

　　第25題的關鍵詞是хорошие результаты「好的結果」。我們趕緊回到文章看看有沒有相似的單詞或是詞組。文章第一行就提到詞組учился очень хорошо，意思跟題目的詞組相近。緊接著往下看，看到第二句第一個單詞就是「詞意強烈」的副詞особенно「特別是」，所以我們要特別注意這個單詞後面的敘述。主詞是он，動詞是любил，緊接著受詞第四格уроки＋修飾уроки的名詞第二格математики、химии及физики。所以他在這三個科目學習特別好，本題答案應選 (А) по математике。

　　第26題的關鍵詞是「詞意強烈」的連接詞но。接著往下看，馬上就看到連接詞но，但是這裡的敘述是他跟老師有嚴重的問題，與答案選項無關，所以還要繼續看下去。接著看到第二段的第一

句，大意與題目幾乎一樣，說他喜歡看俄國作家的小說，「但是」並不喜歡「文學課」，也不喜歡「老師本身」。文學課與老師並不在選項之中，所以也不是答案。還是要繼續往下看。第二句也出現動詞любил，而且是否定的，之後接原形動詞делать＋受詞第四格письменные домашние задания。形容詞письменные是複數，單數形式是письменный，意思是「書寫的、書面的」，與選項中的 (A) писать сочинения「寫作文」相近，所以就是答案。

第27題的關鍵是否定小品詞не＋動詞нравились。看到這個動詞就要先找第三格的「主體」，因為「主體」是主動的，而「主詞」第一格才是被動的。所以我們確定了「主體」是учителю，而「主詞」是работы，緊接著要看看「不喜歡」的原因。其實原因就在我們找前一題答案時出現過了。在第一段的第三句我們看過廖華跟老師有一些問題，因為有一次однажды看到廖華的筆記本中寫的內容是некрасиво и непонятно。副詞некрасиво與選項相符，所以應該選擇 (Б)。至於其他選項的副詞неинтересно與очень мало在文章中並沒出現，也無詞意相似的單詞，故不考慮。

第28題。接續上題。老師不滿意廖華的作業，所以寫了一封信給他的父親。這個訊息我們在第二段的倒數第二句找到：Учитель послал Давиду Львовичу письмо。之後提到廖華的文學плохие результаты「成績很糟」。答案的選項分別是серьёзно「認真地」、плохо「糟糕地」、мало「少」，所以答案應選 (Б)。

第29題的關鍵詞組是на следующий день「隔天」，所以在文章中我們要盡速找到這組關鍵詞。上一題看到老師寫了封信給廖華父親，所以父親決定跟孩子談談。之後看到的是父親對孩子的「要求」，例如пиши понятно「寫清楚」、иди и занимайся「去念書」、готовься「去準備」。之後隔兩行我們看到句首與題目完全相符的詞組на следующий день，所以要特別專心看下去。之後老師問廖華問題，而廖華回答之後老師請他坐下садитесь，而後說Два!「兩分」。兩分在之前就已經看過，只是我們並沒有特別提出

來分析。俄國考試的評分量度是1至5分，分數越高、成績越好，所以「兩分」已經是不及格。既然是不及格，那就表示題目答得不好，所以答案應選 (B) плохо ответил на вопрос。

第30題。我們第一次看到廖華的姓，是Ландау。接續上題，我們在最後一段看到了廖華的姓。起初有兩個數字，本應特別注意：1920與12，一個是年代，表示當初的那一年，而12是當時的年紀。之後有第三個數字，也是年代，是1963年，他獲得了Нобелевскую премию「諾貝爾獎」。而主詞正是與姓名相同第一格的同謂語 известный учёный-физик「著名的物理學家」，所以本題答案為 (B) большим учёным。

回過頭我們要解決第24題。整篇看過之後，我們了解廖華在最後成為了一位知名的物理學家，但是這個部分的篇幅只佔了兩行，微不足道，所以不是本段文章的重點。綜觀全文，絕大部分的篇幅都在討論廖華在文學課程中差強人意的表現，所以本題應選 (Б) серьёзные проблемы。

【翻譯】

在中學（當時是那樣稱呼學校的）廖華書念得很好，他尤其喜歡數學課、化學課及物理課。但是他跟文學老師有很嚴重的問題。有一次老師拿了他的筆記本，然後看到廖華寫得很糟，並且不知所云。

• 我沒有辦法看完您的作業。我甚麼都看不懂！啊，這是什麼字母？這又是甚麼字？我不明白您在寫些什麼。

廖華喜歡俄國作家的小說，但是他不喜歡文學課及文學老師本身。而且他非常不喜歡寫書面的家庭作業。在他上一篇有關普希金作品「尤金奧涅金」的作文中他只寫了一個句子：「塔琪雅娜是位無聊的女孩」。當然，他只得了兩分。文學老師寄了一封信給大衛黎沃維奇，他寫說廖華的文學成績很糟。

• 廖華，- 大衛黎沃維奇說，- 我想跟你談談。-

- 爸爸，你說。
- 為什麼你的文學成績那麼糟糕？這是如此簡單的科目。你要寫得一目了然，老師都不明白你在寫些甚麼。
- 我寫得還好啊。
- 廖華，去讀書，你明天的考試答題一定要好好回答。去準備吧。
- 我已經準備好了。

　　這一次廖華是對的。他把萊蒙托夫的詩幾乎都背了起來，同時他對他的小說「當代英雄」也很熟悉。

　　隔天的第一堂課就是文學課。老師看著廖華並問他：
- 請問，當萊蒙托夫寫「當代英雄」小說的時候，他正想著什麼？
- 這個問題的答案只有萊蒙托夫本人知道。
- 請坐吧。兩分！今年您都要從中學畢業了，但卻那麼地不用功。我非常遺憾大衛黎沃維奇有那樣的兒子。

　　1920年過去了。廖華藍道當時只有12歲。而在1962年著名的物理學家列夫大衛朵維奇藍道獲得了諾貝爾獎。

24. 這個部分的故事名稱是 _____ 。
    (A)「最愛的科目」
    (Б)「嚴重的問題」
    (В)「老師的信」

25. 廖華在學校的 _____ 成績好。
    (A) 數學
    (Б) 繪畫
    (В) 文學

26. 廖華喜歡文學，但是不喜歡 _____ 。

    (А) 寫作文

    (Б) 學詩

    (В) 萊蒙托夫的小說

27. 文學老師不喜歡廖華的作業，因為 _____ 。

    (А) 他寫得非常多

    (Б) 他寫得非常糟糕

    (В) 作業很無趣

28. 文學老師寫了一封信給大衛黎沃維奇，因為他的兒子 _____ 念書。

    (А) 認真地

    (Б) 不好好

    (В) 不常

29. 隔天廖華在文學課 _____ 。

    (А) 回答了所有的問題

    (Б) 回答問題得了「五分」

    (В) 問題回答得很糟糕

30. 廖華藍道成為一位 _____ 。

    (А) 著名的工程師

    (Б) 偉大的數學家

    (В) 重量級學者

📝 項目四：寫作

考 試 規 則

本題本的寫作測驗有2題，作答時間為40分鐘。作答時可使用詞典。請將您的姓名填寫在答案卷上。

　　本題本的測驗較第一題本的寫作測驗困難。第一題是一個先閱讀文章、後依照文章內容答題的題目。本題雖不是依照作文題目寫一篇作文般枯燥，或是像先閱讀文章後再以自己的文字重述文章內容般艱澀，但是也必須掌握文章中的各個重要資訊，以作為答題寫作的根據，否則會落到沒有東西可寫的地步，無法通過考試。第二題相對簡單許多，考生只需要將個人訊息以簡明的方式填寫於答案卷即可。

【答題策略】

一、先作第二題。第二題比第一題簡單得多，只是要回答題目所給的十個簡短問題。建議考生務必在十分鐘左右作完本題，將大部分的時間（約三十分鐘）留給較為複雜的第一題。請注意，答題時務必力求簡單明瞭，無須長篇大論，以免多寫多錯。但是如果考生對於題目的答案很有把握，那就不妨多一點的發揮，以爭取加分，例如題目問我們在哪裡工作或是念書，那麼答案Я работаю инженером на заводе.就會比Я работаю на заводе.來得豐富一些；Я учусь на факультете русского языка в университете.明顯就比Я учусь в университете.豐富且活潑多了。

二、之後再作第一題。本題需要回答兩個問題，就很像是「簡答題」，考生只需要依照題目將重點訊息寫出即可。第一個問題：Почему туристы приезжают в Рязань? 為什麼遊客會前來梁贊旅遊？「梁贊」是一個俄國的城市。既然是旅遊，所以我們要把文章中有關梁贊的各個觀光景點及城市的背景介紹用筆標示出來，例如：Кремль「克里姆林宮」、здания, которые построил Я. Бухвостов「布和渥斯托夫建造的房子」、музей города「城市博物館」、дом-музей Ивана Павлова「伊凡帕弗洛夫的故居博物館」、небольшой дом на Садовой「花園街的小屋」、село Константиново「康士坦丁諾瓦小村莊」等。標示出來之後，再看看這些景點前後的背景敘述，也就是觀光客喜歡這些景點的原因，我們將這些原因稍做修飾、修改，就成了我們的答案。當然，如果把全部景點都寫出來的話，未免篇幅過長，時間也不允許，所以我們建議，挑我們想寫的即可，剩下的可以留用給第二題，一舉兩得。

三、第二個問題：Вы хотите приехать в Рязань? Почему? 您想前來梁贊旅遊嗎？為什麼？建議考生用肯定的回答，否則還要想一些「不想來」旅遊的理由，徒增困擾。而用肯定的回答則是可以利用原本文章中遊客喜歡前來的原因、景點及城市背景本身吸引人的原因作答，無須憑空想像或創作，中規中矩地「迎合並利用」文章的資訊「改寫」成自己的答案。請注意，第一題用過的資訊在第二題也可以適當使用。資訊重複是合理的，只要使用不同的用詞答題，一樣是好答案。

以下示範實際答題。

Прочитайте текст о городе Рязани и о рязанской земле.

Напишите:

(1) Почему туристы приезжают в Рязань?

(2) Вы хотите приехать в Рязань? Почему?

Старшая сестра Москвы

Рязань – старый русский город. Он находится недалеко от Москвы (198 км). Исторические документы говорят, что город начали строить в 1095 году. Поэтому часто пишут, что Москва и Рязань – родные сёстры. Но Москва – младшая сестра, потому что её год рождения – 1147.

Все знают Московский Кремль. Но в Рязани тоже есть Кремль. Это очень красивый памятник истории и культуры. И в Рязани тоже работал талантливый архитектор Я. Бухвестов. (Он построил в Москве, на Красной площади, здание, которое любят и москвичи, и гости столицы – Собор Василия Блаженного). Поэтому туристы всегда просят показать здания, которые построил в Рязани Я. Бухвестов.

Недалеко от Кремля находится музей города. Здесь туристы могут познакомиться с историей Рязани. Но здесь можно встретить не только историка, но и артиста и художника, потому что в музее работает интересная выставка «Русский костюм». Такой выставки ни в Москве, ни в Петербурге. Это самая богатая коллекция русского костюма.

Во всём мире знают Ивана Павлова, который долго жил и работал в Рязани. Здесь туристы могут увидеть дом-музей учёного.

На Садовой улице стоит небольшой дом, в котором жил ещё один великий учёный – К. Циолковский. Его часто называют отцом космонавтики. Здесь вам расскажут о талантливом мальчике, который любил физику и мечтал стать инженером.

Недалеко от Рязани находится село Константиново, родина великого поэта С. Есенина. Как здесь красиво! Сады, лес, река …, а в центре – маленький дом, где жил поэт, и его музей. Сюда приходят люди, которые любят стихи Есенина и хотят увидеть его родные места…

(из книги «Туристические программы»)

閱讀有關梁贊城市與梁贊這片土地的文章。

請寫出：
(1) 為什麼遊客會前來梁贊旅遊？
(2) 您想前來梁贊旅遊嗎？為什麼？

在解題的策略中我們強調，解題的方式是先把各個觀光景點找出來，然後節錄景點前後的敘述，稍做整理之後，即是答案。

【第一段】

(1) Рязань – старый русский город.

(2) Он находится недалеко от Москвы.

【第二段】

(1) В Рязани тоже есть Кремль. Это очень красивый памятник истории и культуры.

(2) Туристы всегда просят показать здания, которые построил в Рязани Я. Бухвестов.

【第三段】

(1) Недалеко от Кремля есть музей города. Здесь туристы могут познакомиться с историей города.

(2) Выставка «Русский костюм» работает в музее. Это самая богатая коллекция русского костюма.

【第四段】

(1) Туристы могут увидеть дом-музей учёного Ивана Павлова.

【第五段】

(1) На Садовой улице стоит небольшой дом, в котором жил великий учёный - К. Циолковский, отец космонавтики.

【第六段】

(1) Недалеко от Рязани находится село Константиново, родина поэта С. Есенина. В Константиново очень красиво.

(2) В центре села есть маленький дом-музей поэта С. Есенина.

(3) Сюда приходят люди, которые любят стихи Есенина и хотят увидеть его родные места.

我們選擇各個段落的訊息、稍微修改及串聯之後成為第一題的答案。

Туристы приезжают в Рязань, потому что Рязань – это старый русский город. В Рязани тоже есть Кремль. Это красивый памятник истории и культуры. В Рязани есть здания, которые построил Я. Бухвестов. Туристы всегда просят показать эти здания.

В Рязани туристы приходят в музей города, потому что в музее работает самая богатая коллекция русского костюма «Русский костюм». Ещё туристы хотят увидеть дом-музей Ивана Павлова и К. Циолковского. Они были известными учёными.

再提供一個範例供考生參考。

Я думаю, что туристы хотят приехать в Рязань, потому что они хотят увидеть "старшую сестру" Москвы. Очень интересно, что Рязань старше Москвы. И там тоже есть Кремль! Я знаю, что во многих старинных русских городах есть свой Кремль - крепость для защиты жителей города от врагов.

Туристы в Рязани хотят увидеть здания знаменитого архитектора, который построил Собор Василия Блаженного в Москве на Красной площади. Также туристы хотят посмотреть интересную выставку русского костюма. Такой выставки нет ни в Москве, ни в Петербурге.

第二題的做法與第一題做法類似，但是我們必須說明想來的原因，也就是對各項背景及景點喜愛的理由。

Я хочу приехать в Рязань, потому что мне нравится история и культура России. Я знаю, что Рязань – это старый город. Я хочу увидеть Кремль в Рязани. Все знают, что Кремль – это красивый памятник истории и культуры.

Мне очень нравится русский костюм, поэтому я хочу приехать в Рязань и посмотреть выставку «Русский костюм» в музее города. Ещё я очень интересуюсь космонавтикой, поэтому я хочу побывать в дом-музее учёного К. Циолковского.

В университете мы учим русские стихи. Конечно, я обязательно посмотрю дом-музей поэта С. Есенина, который находится недалеко от Рязани. Мне очень нравятся его стихи.

再提供一個範例供考生參考。

Я очень люблю русскую поэзию, поэтому я поеду в Рязань - на родину известного русского поэта Сергея Есенина. Его родная деревня находится рядом с Рязанью. Я хочу посмотреть, как жил поэт в своей деревне.

Также в Рязани жили известные русские учёные - Иван Павлов и Константин Циолковский. В Рязани есть их музеи, я хочу там побывать.

Я уже был в Москве и видел Московский Кремль и мне интересно посмотреть Рязанский Кремль, я хочу сравнить его с московским.

項目五：口說

考試規則

本測驗分4大題。作答時間為45分鐘。準備第三、第四大題時可以使用詞典。

第一大題

第1大題共有5小題，答題時間至多5分鐘。答題是以對話形式進行，並無準備時間。口試老師問問題，您就問題作答。請注意，您的回答應為完整回答，類似 да、нет或не знаю的答案皆屬不完整回答，不予計分。

1 • Сегодня хорошая погода. А какая погода будет завтра?

 • ...

2 • Я забыла, какой сегодня день недели? (Какое сегодня число?)

 • ...

3 • У Вас большая семья?

 • ...

4 • Вы давно живёте в Женеве? (У Вас хорошая квартира?)

 • ...

5 • Вы любите спорт? Каким спортом Вы занимаетесь? (Вы любите смотреть телевизор? Что Вы любите смотреть?)

 • ...

1 今天的天氣不錯，那您知道明天的天氣如何嗎？

2 我忘了今天是星期幾？（今天是幾號？）

3 您的家庭人口眾多嗎？

4 您住在日內瓦很久了嗎？（您的公寓好嗎？）

5 您喜歡運動嗎？您做甚麼運動？（您喜歡看電視嗎？您喜歡看甚麼節目？）

相關答題技巧已在前面詳述，以下僅列出參考的答案。

1 • Сегодня хорошая погода. А какая погода будет завтра?

• Завтра тоже будет хорошая погода.

2 • Я забыла, какой сегодня день недели? (Какое сегодня число?)

• Сегодня среда. (Сегодня десятое июля.)

3 • У Вас большая семья?

• Да, у меня большая семья. В семье папа, мама, 2 брата и я.

4 • Вы давно живёте в Женеве? (У Вас хорошая квартира?)

• Да, я живу в Женеве уже 3 года. (Да, у меня очень хорошая квартира.)

5 • Вы любите спорт? Каким спортом Вы занимаетесь? (Вы любите смотреть телевизор? Что Вы любите смотреть?)

• Да, я люблю спорт. Я обычно плаваю в бассейне. (Да, я любою смотреть телевизор. Я люблю смотреть новости.)

以下再提供幾個選項，其中有些答案有延伸，請參考。

1 • Завтра будет плохая погода.

• Я не знаю, какая погода будет завтра. У меня нет телевизора.

• Говорят, что завтра будет дождь и сильный ветер.

2 • Сегодня пятница. (Сегодня пятое января.)

• Я тоже забыл, какой день недели сегодня. (Сегодня второе марта.)

3 • Нет, у меня маленькая семья. Мы живём вдвоём с мамой.

• Нет, у меня маленькая семья. В семье только папа, мама и я.

4 • Нет, я вижу в Женеве только 2 недели. (Нет, у меня маленькая и неудобная квартира.)

• Нет, я приехал в Женеву совсем недавно. (Нет, у меня маленькая квартира, но она очень удобная.)

5 • Нет, я не люблю спорт. Я обычно играю на компьютере дома. (Нет, я не люблю смотреть телевизор. Но я часто смотрю новости в Интернете.)

• Да, я очень люблю спорт. Я каждый день бегаю. (Да, я каждый день смотрю телевизор. Я очень люблю смотреть фильмы по телевизору.)

■ 第二大題

第2大題也是有5小題，答題是以對話形式進行，並無準備時間。第1大題與第2大題不同之處在於，第1大題是老師問問題，考生回答；而第2大題則是由口試老師說出對話的背景（場景），由考生首先發言、首先展開對話，而口試老師不需就您的發言做任何回答。

6 Вы купили видеокассету. Позвоните подруге (другу), расскажите ей (ему), что Вы купили (какой фильм).

7 Завтра Вы хотите пойти гулять. Пригласите подругу (друга), скажите, куда Вы хотите пойти и когда (день, время).

8 Вы купили интересную книгу. Я тоже хочу её купить. Скажите, где, в каком магазине Вы купили книгу, где находится этот магазин?

9 Вчера Вы ходили в гости. Расскажите, пожалуйста, как Вы там отдыхали, что делали. Вам было весело?

10 Вы пришли в библиотеку. Спросите, что Вам нужно.

6 您買了一部電影的卡帶。請打電話給朋友，請跟他說您買了什麼（哪一部電影）。

7 明天您想去散步。請邀請朋友前往並告知朋友您想去哪裡、甚麼時候去（時間、星期幾）。

8 您買了一本有趣的書。我也想買一本。請問您在哪裡、那一家書店買的？書店在哪裡？

9 昨天您去作客。請說說您玩得如何、做了些甚麼？您開心嗎？

10 您來到圖書館。請問問您需要甚麼。

請考生參閱第一題本中第2大題的答題技巧。以下為示範的答案。

6 • Алло, Марина! Привет! Это Антон. Вчера я купил фильм «Титаник». Очень интересный фильм. Этот фильм о любви. Советую тебе посмотреть его.

7 • Маша, привет! Я хочу пойти гулять в среду в 10 часов утра в Большой парк. Ты не хочешь пойти со мной?

8 • Я купил эту книгу в книжном магазине в центре города. Магазин находится рядом с рестораном «Мю мю».

9 • Привет, Марина! Вчера я был в гостях у Антона. Мы пили чай, пели песни и танцевали. Было интересно и весело.

10 • Здравствуйте! Я хочу взять учебник русского языка. Скажите, пожалуйста, у Вас есть этот учебник?

以下再提供幾個選項，其中有些答案有延伸，請參考。

6 • Алло, Марина! Привет! Я вчера купил диск с интересным фильмом. Это классический фильм о любви. Он называется «Алиса». Если хочешь, мы можем посмотреть его вместе.

• Алло, Марина! Привет! Я вчера купила не очень интересный фильм о любви. Он называется «Буква А». Я не советую тебе смотреть его.

7 • Здравствуй, Антон! Пойдём в музей в пятницу вечером. Там будет интересная выставка.

• Привет, Антон! Я хочу пригласить тебя в клуб в субботу вечером. У меня будет день рождения.

8 • Здравствуйте, Анна Ивановна! Вы можете купить эту книгу в книжном магазине «Дом книги» в центре города. Магазин находится недалеко от метро.

• Иван Иванович! Я купил эту книгу в магазине в университете. Магазин находится на втором этаже.

9 • Вчера я была в гостях у Антона. У него был день рождения. Мы слушали музыку и пили чай. Пива не было. Праздник был не очень интересный.

• У Антона был день рождения вчера. Мы с друзьями были у него в гостях. Всё было хорошо и весело!

10 • Здравствуйте! Я заказал учебник грамматики английского языка. Он уже есть сейчас?

• Здравствуйте! Скажите, пожалуйста, у Вас есть газеты «Яблоко» за прошлый месяц? Я хочу взять их.

第三大題

　　第3大題的準備時間為15分鐘、答題時間為至多5分鐘。準備時可以使用詞典。

　　第3大題較為特殊，主題是「點餐」。點餐時需要從「冷盤」點到「甜點」，同時必須說明點餐的喜好原因及價錢。所以答題時必須提到的元素如下：冷盤、第一道菜「湯」、第二道菜「主餐」、第三道菜「飲料」、甜點、喜愛的原因及價錢。

　　建議考生點餐時儘量點「看得懂」的餐點，因為我們別忘了還要說出為什麼我們點特定菜餚的喜好原因，如果我們連菜餚的名稱都看不懂，那麼喜好的原因應該也無從說起。另外，除了點看得懂的菜之外，還要知道「為什麼」喜歡，所以除了看得懂菜餚名稱之外，更要點名稱具體的菜餚，較容易發揮，而非點名稱抽象的菜餚，例如Мороженое «Студенческое»「大學生」冰淇淋，因為相信考生應該不知道如何說明為什麼喜歡這特定的冰淇淋。至於價錢，考生可用固定句型回答：На первое блюдо я хочу суп «Ломоносовский», который стоит 25 рублей. 或是 На второе блюдо я хочу мясо «По-московски». Оно стоит 39 рублей. 另外需要注意的就是，點某個菜餚當作冷盤或是第幾道菜的時候，必須用前置詞 на＋名詞第四格，如上所述之на первое блюдо、на второе блюдо等。

　　因為菜餚眾多，每一道菜的選擇項目很多，我們不必每一道菜都點，盡量發揮即可。例如第三道菜中有三種不同的飲料，分別是「茶」、「果汁」與「咖啡」，可擇一或擇二；又例如甜點中有「冰淇淋」、「巧克力」與「啤酒」（不知道啤酒與甜點有何關係），我們也是不必每一項都點。

　　最後，本題是口說題，所以考生必須特別注意語法的問題，也就是動詞的變位與名詞的變格。本題有很多的價錢，所以再次提醒考生數詞之後名詞的變格。數字1後的名詞應用單數第一格，例如

21盧布是двадцать один рубль；數字2-4後的名詞應用單數第二格，例如43盧布是сорок три рубля；數字5（包含5）以上則是用複數第二格，例如35盧布是тридцать пять рублей。

以下就以本版本之題目示範答題技巧。

Вы хорошо сдали экзамен и решили пригласить друга (подругу) в студенческое кафе. Прочитайте, что можно заказать в этом кафе на обед. Расскажите, что Вы хотите взять и почему, сколько это стоит.

Меню

Обед
Холодные блюда

Салат «Университетский» (овощи с сыром)	15 руб.
Салат «Счастливый день» (морепродукты)	40 руб.
Салат «Школьная любовь» (фруктовый)	22 руб.
Колбаса	21 руб.
Сыр с маслом	15 руб.

Первые блюда

Суп «Ломоносовский» (рыбный)	25 руб.
Суп «Турист» (овощной)	18 руб.
Суп «Мечта студента» (рис, курица)	23 руб.

Вторые блюда

Мясо «По-московски» (мясо, рис, овощи)	39 руб.
Рыба «По-русски» (яйцо, овощи)	45 руб.
Курица в вине	47 руб.
Картофельное пюре	12 руб.
Рис «По-арабски»	17 руб.
Рис «По-китайски»	15 руб.

Третьи блюда

Сок фруктовый	15 руб.
Сок овощной	15 руб.
Сок яблочный	17 руб.
Чай чёрный «Индийский»	10 руб.
Чай зелёный «Китайская стена»	12 руб.
Чай красный «Цветы лета»	12 руб.
Кофе чёрный с сахаром «Завтра экзамен»	40 руб.
Кофе с молоком	44 руб.

Десерт

Мороженое «Студенческое»	30 руб.
Мороженое «Праздник» (фрукты, шоколад)	46 руб.
Мороженое «День рождения» (шоколадное)	38 руб.
Шоколад «Любимый»	20 руб.
Шоколад «Подарок»	25 руб.
Пиво «Столица»	30 руб.
Пиво «Российское»	35 руб.

您考試成績不錯，所以決定邀請朋友去學生餐廳吃飯。請把菜單讀過之後，看看能點些甚麼菜餚當午餐。請說說您想點甚麼菜並說明原因及價錢。

菜單

午餐
冷盤

沙拉「大學」（蔬菜與起司）	15 盧布
沙拉「幸福的一天」（海鮮）	40盧布
沙拉「中學的愛情」（水果）	22盧布
香腸	21盧布
起司與奶油	15盧布

第一道菜

湯「羅曼諾索夫」（魚）	25盧布
湯「遊客」（蔬菜）	18盧布
湯「大學生之夢」（米飯、雞肉）	23盧布

第二道菜

肉「莫斯科式」（肉、米飯、蔬菜）	39盧布
魚「俄羅斯式」（蛋、蔬菜）	45盧布
紅酒雞肉	47盧布
馬鈴薯泥	12盧布
米飯「阿拉伯式」	17盧布
米飯「中國式」	15盧布

第三道菜

果汁	15盧布
蔬菜汁	15盧布
蘋果汁	17盧布
紅茶「印度」	10盧布
綠茶「萬里長城」	12盧布
紅茶「夏天的色彩」	12盧布
黑咖啡加糖「明天有考試」	40盧布
咖啡加奶精	44盧布

甜點

冰淇淋「大學生」	30盧布
冰淇淋「節日」（水果、巧克力）	46盧布
冰淇淋「生日」（巧克力口味）	38盧布
巧克力「摯愛」	20盧布
巧克力「禮物」	25盧布
啤酒「首都」	30盧布
啤酒「俄羅斯」	35盧布

Я хочу взять салат «Счастливый день» на холодное блюдо, потому что сегодня я хорошо сдал экзамен. Для меня сегодня – это мой счастливый день. Кроме того, мне очень нравятся морепродукты. Но салат дорогой, он стоит 40 рублей. А на первое блюдо я бы хотел взять суп «Турист», потому что я очень люблю овощи. И суп «Турист» стоит только 18 рублей. Это самый дешёвый суп в кафе. Мне очень нравится рыба, поэтому я возьму рыбу «По-русски» и рис «По-арабски» на второе блюдо. Это стоит 62 рубля. Я очень люблю яблоки и зелёный чай, поэтому я хочу взять яблочный сок и «Китайскую стену» на третье блюдо. Сок стоит 17 рублей, а чай – 12 рублей. А на десерт я бы хотел взять мороженое «Праздник» и пиво «Столица», потому что сегодня мой праздник и надо выпить за него!

再提供兩篇，請參考。

1.

На холодное блюдо я обязательно возьму колбасу и сыр с маслом, потому что я не люблю салат. Салат – очень скучное блюдо. Колбаса и сыр стоят 36 рублей. Это недорого! Я очень люблю суп и рис, поэтому на первое блюдо я возьму суп «Мечта студента», который стоит 23 рубля. У меня тоже есть мечта. Я хочу всегда хорошо сдавать экзамены. Мама говорит, что я мало ем овощи, поэтому я сегодня буду есть мясо «По-московски» на второе блюдо. В этом блюде есть мясо, рис и овощи. И оно стоит только 39 рублей. Это очень хорошо! А на третье блюдо и десерт я хочу заказать всё! Сок овощной, который стоит 15 рублей. Ты, конечно, уже знаешь, почему овощной. А чай я закажу зелёный «Китайская стена», потому что я попробовал его в Китае, и он был очень вкусный. И он недорогой чай, всего 12 рублей. Кофе я не буду заказывать, потому что утром я уже пил. Все любят мороженое и я тоже! Мне очень нравится шоколадное мороженое, поэтому я возьму «День рождения». Оно стоит 38 рублей. А пиво уж не буду заказывать, потому что я не пью днём. Вот это мой обед.

2.

Из холодных блюд и салатов я выбираю фруктовый салат «Школьная любовь» за 22 рубля, я очень люблю фрукты и стараюсь побольше их есть. Сыр я тоже очень люблю, так что сыр я беру тоже. Салат и сыр не очень дорогие. Супы я совсем не люблю, не буду брать суп. Я ещё не пробовал в этом кафе блюдо «Курица в вине», поэтому я возьму его. И я люблю картошку, поэтому возьму картофельное пюре. Ещё я закажу кофе с молоком и мороженое «Праздник» - сегодня у меня настоящий праздник, я сдал трудный экзамен! Весь мой обед стоит 186 рублей - это немного дорого, но сегодня можно, сегодня праздник!

■ 第四大題

第4大題的準備時間為9分鐘、答題時間為6分鐘。準備時可以使用詞典。答題的內容不得低於8句。您可以準備答題大綱，但是不宜照著您準備的答案宣讀。

相關的答題技巧已經在第一題本的測驗中詳細地解說，以下僅就本版本之題目示範答題要點。

Расскажите, что Вы обычно делаете в выходной день (когда Вы не работаете). Вопросы помогут Вам подготовить рассказ.

- Когда Вы завтракаете?
- Гуляете Вы или нет? Сколько времени?
- Когда и где Вы обедаете и ужинаете?
- С кем Вы любите отдыхать?
- Что Вы делаете днём и вечером

請說說您通常在休假日的時候做些甚麼（當您不工作時）。下面的問題將幫助您準備您的陳述。

- 您甚麼時候吃早餐？
- 您散步嗎？多少時間？
- 您甚麼時候吃午餐及晚餐？
- 您喜歡跟誰一起打發時間？
- 您在白天及晚上做些甚麼？

В выходной день я встаю поздно, поэтому я завтракаю тоже поздно, часов в 10. После завтрака я обычно гуляю в парке. В парке я гуляю и читаю газету. Летом в парке жарко, поэтому я гуляю там недолго, только 40 минут. А зимой в парке хорошо, не жарко и не холодно, поэтому я гуляю там долго, почти 2 часа.

Я обычно обедаю и ужинаю в кафе в выходной день. Я обедаю в 2 часа, а ужинаю в 7 часов. Иногда я приглашаю Антона вместе со мной обедать. Антон – мой старый друг. Он работает на заводе. Я люблю отдыхать с Антоном, потому что он очень хорошо играет в шахматы и в футбол. Днём мы сначала обедаем в кафе вместе, а потом мы играем в шахматы дома. А вечером мы обычно играем в футбол на стадионе или смотрим фильмы по телевизору дома.

再提供兩篇答案，請參考。

1.

В выходной день я встаю очень поздно, часов в 12, поэтому я не завтракаю. Я только пью кофе. Потом я сразу сажусь за стол и начинаю играть на компьютере. Мне очень нравятся компьютерные игры. Я могу играть на них весь день, когда я не работаю. В выходной день я не гуляю, я только «работаю» на компьютере.

Я обычно сам готовлю обед и ужин дома, когда я не работаю. Я люблю готовить. Это мама меня научила, как вкусно готовить мясо и овощи. Я иногда покупаю колбасу и сыр в магазине. В выходной день я обычно обедаю в 2 часа, а ужинаю в 8 часов. Когда я не работаю, я отдыхаю один дома с моим компьютером. Иногда вечером я смотрю новости по телевизору.

2.

По выходным дням я обычно встаю не очень рано, часов 8-9, быстро завтракаю и иду в бассейн. Я плаваю до часу дня, потом я обедаю в кафе и иду домой.

Я не люблю гулять, я стараюсь больше заниматься спортом, поэтому я бегаю в парке по вечерам. Только в выходные у меня есть время встретиться с друзьями, поэтому иногда в субботу или в воскресенье я обедаю с друзьями. После обеда я иногда хожу в кино или езжу за город один или с друзьями. Ужинаю по выходным или дома, или с друзьями в ресторане, или с родителями. После ужина я иногда отдыхаю дома, смотрю телевизор или фильмы в Интернете. Недавно я познакомился с красивой девушкой и теперь, надеюсь, я буду проводить выходные с ней!

附錄一：2015年新版俄語檢定證書

（俄羅斯國立人民友誼大學核發）

附錄二：2015年新版俄語檢定成績單

Государственная система тестирования граждан
зарубежных стран по русскому языку
Федеральное государственное автономное образовательное учреждение высшего образования
«Российский университет дружбы народов»

**Головной центр тестирования граждан зарубежных стран по русскому
языку (ГЦТРКИ)**

РУССКИЙ ЯЗЫК КАК ИНОСТРАННЫЙ

Приложение к сертификату

№ 002400027285

выдано

Китайская Республика
(страна)

По результатам тестирования в объёме уровня «ПЕРВЫЙ (ТРКИ-I/B1)»

Общий балл (в процентах)   80,0

Результаты теста по разделам:

Раздел	Процент правильных ответов
1. Понимание содержания текстов при чтении	70,0
Владение письменной речью	78,8
Владение лексикой и грамматикой	89,7
Понимание содержания звучащей речи	73,3
Устное общение	84,1

Директор ГЦТРКИ
Ю.В. Чебан

«19» января 2015 г.

秀威經典　　　　　　　　　　　　　　　　學語言11　PD0050

俄語能力檢定
模擬試題+攻略・初級A1

編　　著 / 張慶國
責任編輯 / 杜國維
圖文排版 / 賴英珍
封面設計 / 葉力安

出版策劃 / 秀威經典
發 行 人 / 宋政坤
法律顧問 / 毛國樑　律師
印製發行 / 秀威資訊科技股份有限公司
　　　　　114台北市內湖區瑞光路76巷65號1樓
　　　　　電話：+886-2-2796-3638　傳真：+886-2-2796-1377
　　　　　http://www.showwe.com.tw
劃撥帳號 / 19563868　戶名：秀威資訊科技股份有限公司
　　　　　讀者服務信箱：service@showwe.com.tw
展售門市 / 國家書店（松江門市）
　　　　　104台北市中山區松江路209號1樓
　　　　　電話：+886-2-2518-0207　傳真：+886-2-2518-0778
網路訂購 / 秀威網路書店：http://www.bodbooks.com.tw
　　　　　國家網路書店：http://www.govbooks.com.tw

2017年1月　BOD一版　　　　　ISBN:978-986-94071-0-6
定價：400元

讀 者 回 函 卡

感謝您購買本書,為提升服務品質,請填妥以下資料,將讀者回函卡直接寄回或傳真本公司,收到您的寶貴意見後,我們會收藏記錄及檢討,謝謝!
如您需要了解本公司最新出版書目、購書優惠或企劃活動,歡迎您上網查詢或下載相關資料:http:// www.showwe.com.tw

您購買的書名:＿＿＿＿＿＿＿＿＿＿＿＿＿＿＿＿＿＿＿＿＿＿

出生日期:＿＿＿＿年＿＿＿＿月＿＿＿＿日

學歷:□高中 (含) 以下　　□大專　　□研究所 (含) 以上

職業:□製造業　□金融業　□資訊業　□軍警　□傳播業　□自由業
　　　□服務業　□公務員　□教職　　□學生　□家管　　□其它＿＿＿＿

購書地點:□網路書店　□實體書店　□書展　□郵購　□贈閱　□其他

您從何得知本書的消息?

　□網路書店　□實體書店　□網路搜尋　□電子報　□書訊　□雜誌
　□傳播媒體　□親友推薦　□網站推薦　□部落格　□其他＿＿＿＿＿＿

您對本書的評價:(請填代號　1.非常滿意　2.滿意　3.尚可　4.再改進)

　封面設計＿＿＿　版面編排＿＿＿　內容＿＿＿　文／譯筆＿＿＿　價格＿＿＿

讀完書後您覺得:

　□很有收穫　□有收穫　□收穫不多　□沒收穫

對我們的建議:＿＿＿＿＿＿＿＿＿＿＿＿＿＿＿＿＿＿＿＿＿＿

＿＿＿＿＿＿＿＿＿＿＿＿＿＿＿＿＿＿＿＿＿＿＿＿＿＿＿＿＿＿

＿＿＿＿＿＿＿＿＿＿＿＿＿＿＿＿＿＿＿＿＿＿＿＿＿＿＿＿＿＿

＿＿＿＿＿＿＿＿＿＿＿＿＿＿＿＿＿＿＿＿＿＿＿＿＿＿＿＿＿＿

11466
台北市內湖區瑞光路 76 巷 65 號 1 樓

秀威資訊科技股份有限公司　　　　收

BOD 數位出版事業部

....

（請沿線對折寄回，謝謝！）

姓　　名：＿＿＿＿＿＿＿＿＿　年齡：＿＿＿＿　性別：□女　□男

郵遞區號：□□□□□

地　　址：＿＿＿＿＿＿＿＿＿＿＿＿＿＿＿＿＿＿

聯絡電話：(日) ＿＿＿＿＿＿＿＿　(夜) ＿＿＿＿＿＿＿＿

E - m a i l：＿＿＿＿＿＿＿＿＿＿＿＿＿＿＿＿＿